유럽 학교 산책

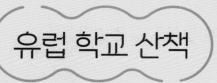

유럽 학교 산책

덴마크, 핀란드, 네덜란드, 독일, 스위스의
학교를 거닐던 날들의 이야기

김제우 지음

이제 각자의 로마에 이르기 위해 우리는 무엇을 해야 할까?

좋은땅

오후에 압록강을 건넜다

1780년 6월, 44세의 연암은 드디어 압록강을 건넜다. 그가 8촌 형 박명원이 이끄는 건륭제 칠순 축하 사절단의 일원으로 압록강을 건넌 지 243년이 지났다. 그 사이 연암은 죽어 먼지 속으로 돌아갔지만 그가 쓴 열하일기는 오늘도 살아남아 읽는 이들의 가슴에 불을 당긴다. 나는 열하일기의 저 평범한 문장을 만났던 순간을 기억한다. 경계를 넘어서는 순간을 이토록 담백하고 강렬하게 표현할 수 있다니. 그때부터 나도 늘 경계를 넘나들고 싶었다. 아니다. 이미 내 안에 오래전부터 살고 있었던 '자유에의 욕망'이 그 정체를 드러낸 것일 테다.

나는 늘 자유롭고 싶었다. 학대받고 정서적 억압을 받

은 적도 없었고 뒤주나 감옥에 갇힌 적도 없었지만 어려서부터 나는 늘 자유를 욕망했다. 흔히 사람들은 생명을 가장 소중하다 말한다. 하지만 이 말은 '거의' 사실이다. 사람들은 덕담의 마지막에 늘 '건강이 최고니까 건강 잘 챙겨라' 하고 아픈 자식을 둔 부모들은 '부디 건강하기만 해 다오' 한다. 그런 면에서 우리는 생명을 가장 소중하게 여긴다 할 수 있다. 그러나 한결같이 모순된 우리 인간들은 자유를 빼앗길 때 자유를 쟁취하기 위해 그토록 소중한 자기 생명을 바치기도 한다. 1775년 미국독립전쟁이 한창이던 시절, 패트릭 헨리는 이렇게 말했다.

"우리의 형제들은 이미 전장에 있습니다. 그런데 우리는 왜 한가하게 시간을 죽이고 있는 겁니까? 여러분이 바라는 것은 무엇입니까? 여러분이 가진 것은 무엇입니까? 쇠사슬을 차고 노예가 되어 가고 있는데도, 목숨이 그리도 소중하고, 평화가 그리도 달콤하단 말입니까? 전능하신 신이시여, 길을 인도해 주십시오. 여러분들이 어떤 길을 선택할지 모르지만, 나는 이렇게 외칩니다. '내게 자유가 아니면 죽음을 달라!'"

인간은 생명을 부지하며 노예로 사느니보다 자유를 획득하기 위해 기꺼이 죽음을 선택한다는 사실은 우리 독립운동사와 민주화의 역사에서도 무수히 확인된다. 1905년 을사늑약과 1910년 경술국치 때 얼마나 많은 조선의 유생들이 자결로써 나라 잃음을 슬퍼하고 분개했는가. 또한 1987년 이한열 열사의 장례식에서 문익환 목사가 목놓아 외쳤던 이름들을 떠올려 보라. 정치적 자유를 위해 자기 생명을 기꺼이 내던진 수많은 민주 열사들의 모습에서 우리는 인간 존재의 숭고함과 모순성을 동시에 마주한다. 생명은 타협할 수 없는 가치이지만 그 생명을 바쳐서라도 얻고자 하는 것이 독립, 민주라는 이름의 '자유'라니. 인간은 본질적으로 자유를 욕망하는 존재가 분명하다.

압록강을 건너는 연암의 자유는 독립 쟁취나 민주주의 제도 획득의 정치적 자유는 아니었다. 오늘 내가 욕망하는 자유도 마찬가지다. 내가 숨 쉬며 살아가는 오늘이 식민과 독재의 시절이 아님에 감사하고 안도한다. 내가 간절히 원하는 자유는 연암의 자유와 같이 소소하고 소박하다. 단지 나는 목수정의 말처럼 "언제 어디서나 자유롭게 생각하는 사람"이 되고 싶고 김기석의 말처럼 "적게 소유하지만 많이 존재하는 삶"을 살고 싶다. 고미숙의 말처럼 "길 위에서 길을 찾는 사람"이 되고 싶고 박제가의 말처럼 "우리의 노넓이 단지 한때뿐"이라는 사실을 기억하며 살고 싶을 뿐이다. 하여 나는 성서에 나오는 솔로몬의 충고를 고마워한다.

"너는 가서 즐거이 음식을 먹고, 기쁜 마음으로 포도주를 마셔라. 너는 언제나 옷을 깨끗하게 입고, 머리에는 기름을 발라라. 너의 헛된 모든 날, 하나님이 세상에서 너에게 주신 덧없는 모든 날에 너는 너의 사랑하는 아내와 더불어 즐거움을 누려라. 그것은 네가 사는 동안에, 세상에서 애쓴 수고로 받는 몫이다."

그런데 안타까운 사실은 이 '소소하고 소박한' 자유를

열렬히 추구하기 위해서는 꽤 큰 용기가 필요하더라는 것이다. 우리는 가정과 학교에서 '열심히 공부하고 성실하게 일하라'고 배웠고 그렇게 살려고 꽤 노력해 왔다. 그런데 어찌 된 일인지 그렇게 살아도 얼굴엔 점점 웃음기가 사라지고 가슴은 텅 빈 것 같고 까닭 모르는 불안과 초조로 잠 못 드는 날들이 늘어간다. 열심히 공부하고 성실하게 일하며 윤리적으로 살고 있는데 왜 이런가. 이쯤 되면 우리가 지금까지 받아 온 교육에 어떤 결함과 결핍이 있는지 생각해 보아야 하지 않을까. 단지 열심히 공부하고 성실하게 일하는 것 외에 배워야 할 중요한 삶의 지혜가 있는데 학교교육에서는 그걸 가르쳐 주지 않았던 게 아닐까. 그러나 도무지 바쁘기만 한 우리의 일상은 이런 중요한 성찰의 시간조차 쉽사리 허락하지 않는다. 우리 자신도 너무 쉽게 일상의 요구 앞에 굴복한 채 그저 흘러가는 대로 살아갈 뿐이다. 안 그래도 바쁜 현대인들에게 '성찰'까지 하라는 말은 불안을 부추기는 말이고 '성찰'이라는 말은 불온한 단어다. 반면에 '성실'은 안전한 단어다. 그래서 그런지 우리는 매번 큰 고민 없이 '성실'을 선택하고 '성찰'을 멀리한다. 그러나 잠시 멈춰 섰을 때만 보이고 들리는 것들이 있다. 성실이 감지할 수 없는 성찰의 영역이 있는 것이다.

나는 운이 좋았다. 어쩌다 이런저런 성찰의 기회를 얻을 수 있었고 스스로 만들기도 했다. 오랜 욕망이 현실이 되는 순간들이었다. 2014년부터 2023년까지 꼭 10년 동안 교육 탐방을 목적으로 유럽 여러 나라에 다녀왔고, 작년 여름에는 큰아이와 특별한 부자 여행을 다녀왔다. 길면 보름, 짧으면 열흘간의 여행이었지만 그 시간이 나에게는 일상을 벗어나 잠시 멈춰 서서 나를 바라보고 옆을 둘러볼 수 있는 소중한 성찰의 시간이었다. 덴마크, 핀란드, 네덜란드, 독일, 스위스의 아름다운 거리를 걷고, 그들의 가정과 학교를 둘러보고, 그들의 역사와 문화를 공부하고, 그들과 이야기를 나누는 시간은 더없이 복된 나날들이었다. 아들과 단둘이 보낸 그 나날들은 찬란했다. 나는 그 모든 길 위에서 자유를 더듬어 찾았고 자유를 생각하고 또 생각했으며 자유를 만끽하려고 했다.

운 좋게 이런 특별한 호사를 누렸으니 나도 연암처럼 내게 특별했던 성찰의 순간들을 기록으로 남기고자 한다. 먼저는 나 자신을 위함이고 다음은 나처럼 태생적인 자유 갈망인들 마음에 작은 파문을 일으키고 싶기 때문이다. 생각의 경계를 넘나드는 것만큼이나 국경이라는 물리적 경계를 넘나드는 일은 중요하고 필요하다. 다른 생각 하지 말고 앞만 보고 성실하게 열심히 달리기만 하라는 우리 사회의 기만적 가르침과 그로 인한 결핍의 폐해는 잠시 멈춰 서서 자기를 돌아보고 옆을 둘러볼 때 생기는 통찰과 상상력이 아니고서는 극복될 수 없다. 세상 모든 호모사피엔스들이 다 우리처럼 생각하고 우리처럼 앞만 보고 무작정 달리는 건 아니라는 사실을 가서 보는 것만으로도 숨통이 트이고, 한 번뿐인 우리의 삶을 찬란하게 채워 갈 감미로운 상상력이 움트기 시작한다. 연암이 압록강을 건너지 않았다면 열하일기는 이 세상에 존재할 수 없었다. 열하일기 없는 연암은 상상할 수 없다. 우리도 마찬가지다. 우리 각자의 압록강을 건널 때에야 비로소 우리의 삶도 자유를 향해 발돋움할 수 있다.

이 책은 지난 10년 동안 덴마크, 핀란드, 네덜란드, 독일, 스위스의 학교와 도시를 여행하면서 보고 듣고 느낀 것들에 대한 사사로운 기록이다. 나는 아카데미 시상식에서 봉준호 감독이 했던 마틴 스콜세지(Martin Charles Scorsese) 감독의 명언, "가장 개인적인 것이 가장 창의적인 것이다."라는 말을 사랑한다. 따지고 보면 연암의 열하일기도 사사로운 기록이 아닌가. 나의 사사로운 이야기가 자유 갈망인들의 마음에 던지는 작은 조약돌이 될 수 있다면 좋겠다. 그분들이 각종 경계를 넘나들며 노닒과 허송의 세월을 기꺼이 선택하는 용자가 될 수 있도록 부추길 수 있다면 정말 좋겠다. 물론 뒷일은 책임지지 못하지만.

‖목차‖

1부

덴마크

1.

안데르센과 그룬트비

어릴 적 내게 덴마크는 그저 동화의 나라였다. 〈인어공

주〉, 〈성냥팔이 소녀〉, 〈미운 오리 새끼〉 같은 슬픔이 배어 있는 강렬한 이야기를 쓴 안데르센(Hans Christian Andersen)의 조국 덴마크가 나에게 다른 의미로 다가온 것은 UN에서 발표하는 〈세계행복보고서〉에서 국민행복지수 1위를 차지했다는 기사를 읽고부터였다. 20대에는 깊이 생각해 보지 못했던 '행복'이라는 낱말의 절대성을 30대가 되고 나서 실감하기 시작한 나는 특히 '주관적 행복도'라는 설문조사에다 1인당 GDP, 사회적 지원, 기대수명, 부정부패 지수 등을 반영해서 국민행복지수를 산출한다는 설명을 보고 덴마크 사회가 더욱 궁금해졌다. 그러던 차에 2014년 1월 덴마크에 갈 수 있는 기회가 생겼다. 우연한 일이었지만 나의 첫 유럽 여행지가 뻔하디뻔한 서유럽 어느 나라가 아니라 북유럽 덴마크였다는 사실은 묘한 특별함을 선사해 주었고 이후 내 삶의 화두를 '행복', 그것도 '주관적 행복'에 초점 맞추게 하는 중요한 사건이었다. 늘 그렇지만 '우연'은 언제나 신선하여 우리를 미지로 이끌고 때로 예상치 못한 귀중한 보물을 안겨 준다. 덴마크로의 여행은 내게 그런 우연적 사건이었다.

핀에어를 타고 헬싱키 반타 공항에 잠시 내렸다가 코펜하겐 카스트럽 국제공항에 첫발을 디뎠던 그 회색빛 저녁을 기억한다. 국민행복지수 1위의 나라니까 날씨조차도 행복할 줄 알았는데 웬걸 날씨는 우중충했고 눈이 내렸지만 한국에서 내가 좋아하던 그 반짝이는 눈은 아니었다. 모름지기 눈은 위에서 아래로 펑펑 쏟아지거나 포슬포슬 내려앉아야 제맛인데 북해에서 불어오는 세찬 바람 때문인지 그날 코펜하겐의 눈은 대각선을 그리며 한 방향으로 빠르게 날아내렸다. 35인승 버스 차창 밖으로 내다보이는 바깥 풍경도 내가 상상하던 모습이 아니었다. 고속도로에는 가로등이 띄엄띄엄 세워져 있어 어두웠고 도로변의 농토와 농가도 희끄무레 잘 보이지 않았다. 평소 한국의 평균적 조도가 지나치게 높고 빛 공해가 과도하다 생각하긴 했지만 막상 유럽의 어두운 풍경을 답답하게 느끼는 나도 영락없는 빛 중독자라는 사실에 부끄러움을 느꼈다.

버스는 코펜하겐을 벗어나 퓐섬에 있는 도시 오덴세(Odense)로 향했다. 덴마크에 대한 내 원초적 기억을 형

성시켜 준 안데르센의 고향이기도 한 이곳 오덴세는 인구 18만이 채 되지 않는 작은 도시다. 덴마크가 우리에게 워낙 알려지지 않은 나라라 오덴세를 아는 이는 드물 것이지만 안데르센의 동화를 한 번이라도 읽은 이라면 오덴세는 안데르센만으로 충분한 도시다. 며칠 후 우리는 안데르센의 생가와 박물관을 찾았고, '미운 오리 새끼'라는 작은 레스토랑에서 저녁을 먹었다. 이 얼마나 완벽한 조합인가. 안데르센에게 동화작가로서의 첫 명성을 안겨 준 작품인 〈미운 오리 새끼〉에 관해 한참 이야기를 나눈 곳이 '미운 오리 새끼'라니. 그날 우리는 안데르센의 삶과 여러 작품들 그리고 우리 자신에 관해 꽤 진지한 이야기를 나누었다. 짧은 동화 한 편이 우리 삶에 끼친 영향이 그렇게 다채로울 수 있다는 사실을 깨닫는 멋진 시간이었다. 안데르센 생가로 향하는 골목길은 한갓졌고 마치 영화 세트장에 들어와 있는 듯 고적했다. 바닥에는 오래된 박석이 깔려 있었고 주변 건물들은 오락가락하는 눈비와 먹구름으로 회색빛을 띄었지만 내 기억에 남아 있는 그 길은 노란빛이다. 안데르센의 집이 노란색 페인트로 칠해져 있어서였을까? 인간은 무의식중에 자신이 기억하고자 하는 것만 기억할 뿐 아니라 그조차도 사실과 다르게 왜곡해서 기억하는 존재이기 때문일까? 아마 그날 내 감정과 기분이 노란빛이었을 것이다. 우연히 덴마크에서 만난 여러 보물들로 인해 한껏 부푼 기분에다 동화의 세상을 창조해 낸 안데르센을 만나러 가는 길이었으니 더욱 들떠 있었던 것이 분명하다.

노란빛의 골목을 따라 당도한 그의 집은 작았고 천장은 낮았으며 평범하기 이를 데 없었다. 당시 가난한 사람들이 모여 살던 동네였으므로 집이 작고 평범한 것은 당연한 일이겠으나 키가 매우 크고 손과 발이 거대했던 안데르센의 풍채와는 어울리지 않았다. 박물관에서는 안데르센의 자필 동화 원고, 세계 여러 나라말로 번역된 그의 책들, 코트를 입고 오른손에 모자를 들고 서 있는 그의 동상을 보았다. 박물관에서 나와 잠시 주변을 산책하면서 '이야기는 정말 힘이 세다.'라는 생각을 했다. 약 200년 전 유럽의 변방 덴마크의 작은 도시에서 쓰여진 이야기가 멀리 한국의 나에게까지 전해졌고, 지금 나는 그의 옛집과 그를 기리는 박물관 앞을 서성이고 있으니 말이다. 지구는 태양을 중심으로 돌지만, 인간은 이야기를 중심으로 돈다던 김영하 작가의 '설동설' 주장이 사실이구나 싶다. 안데르센 박물관 주변을 흐뭇한 표정으로 서성거렸던 나도 설동설을 믿는 호모 픽투스(Homo Fictus)임에 분명하다.

우리가 짐을 풀고 나흘간 묵은 곳은 오덴세 근교 올러룹(Ollerup)이라는 동네에 위치한 자유 교원 대학이었다.

이 대학은 1949년에 세워진 학교로 오늘날 덴마크를 국민행복지수 1위의 나라로 만드는 데 결정적인 요인을 제공하고 있는 자유 학교(Free school)의 교사를 양성하는 곳이다. 1814년 덴마크에서는 부모가 자녀 교육의 권한을 가지고 있다는 당연한 사실을 세계 최초로 법제화했다. 이 법으로 집에서 부모가 자녀를 교육하는 것이 가능해졌다. 41년 후인 1855년에는 부모들이 모여 학교를 설립할 수 있도록 법이 개정되었다. 하지만 정부의 재정적 지원은 없었다. 1903년에 이르러서야 약간의 정부 보조금이 지급되기 시작했고 1969년에 와서야 비로소 자유 학교 교사들에게 공립학교 교사들만큼의 봉급이 보장되었다. 오늘날 덴마크 자유 학교를 지원하는 법이 완성되기까지는 무려 155년의 시간이 필요했던 셈이다. 현재 우리나라는 어떤가? 학교를 설립하는 것은 까다롭기 이를 데 없고, 국가로부터 인가받지 않은 모든 학교는 정부로부터 재정지원을 받을 수 없다. 아무리 교육세를 성실하게 납부한 학부모라 할지라도 자기 자녀를 인가받지 않은 학교에 보내면 자기가 낸 세금의 혜택을 전혀 볼 수 없는 것이다. 이 얼마나 불합리한 일인가.

  아직 덴마크 정부의 재정적 지원이 없던 시절, 자유교육의 선구자 니콜라스 그룬트비(Nikolaj Grundtvig)와 크리스튼 콜(Christen Kold)은 자유 학교를 시작했다. 그룬트비는 1844년 최초의 농민대학을 설립했고, 콜은 1852년 청소년을 위한 자유 학교를 설립했다. 이들로부터 시작된 덴마크 자유교육은 오늘날 덴마크 전체 학생의 15~20% 정도가 선택하고 있다. 우리에게도 익숙한 '애프터스콜레'가 그중 하나인데, 보통 중학교를 졸업한 학생들이 고등학교에 진학하기 전에 1년 정도 자신이 원하는 애프터스콜레에 기숙하며 공부한다. 16~17세의 학생들이 잠시 멈춰 서서 자신을 성찰하고 옆을 돌아보며 앞으로 무슨 공부를 할지, 어떻게 살면 좋을지 고민하는 시간을 갖는 것이다. 고교를 졸업한 18세~23세의 성인들을 대상으로 하는 '폴케호이스콜레'는 4~10개월 정도의 시간 동안 기숙하면서 다시 한번 자기 삶을 성찰하고 다음 스텝을 준비하는 곳이다. 특정한 분야의 전문 지식이나 자격을 위한 공부가 아니라 삶을 풍요롭게 만드는 공부, 전인적인 성장을 위한 공부를 할 수 있다는 것은 얼마나 멋진 일인지 모른다. 중학교 마치고 한 번, 고등학교 마치고 다시 한번 더 그런 기회를 가질 수 있는 환경이 조성되어 있는 사회는 얼마나 행복한 사회인가. 현재 덴마크에는 250여 개의 애프터스콜레와 70여 개의 폴케호이스콜레가 운영되고 있으며 그중에는 외국인의 입학이 가능한 IPC(International People's College) 같은 곳도 있다.

올러룹에 머무는 동안 여러 형태와 단위의 자유 학교들을 방문했고 교사와 학생, 학부모를 만날 수 있었다. 대부분의 자유 학교들은 1~9학년까지 100명 미만의 학생들로 구성되어 있었는데, 아침 첫 시간은 다 같이 강당에 모여 노래를 부르고 몇 사람이 나와 자기 이야기를 나누는 것으로 시작했다. 바르게 앉아 있는 아이건 비스듬히 기대거나 거의 눕다시피 하고 있는 아이건 이야기를 경청하는 모습이 무척 인상적이었다. 반드시 바르게 앉아야만 잘 들을 수 있다고 생각하는 건 편견이었다. 방문했던 거의 모든 학교가 자연 속에 터 잡고 있었고, 적당한 크기의 텃밭과 나무를 이용한 놀이터가 마련되어 있었다. 그중에서도 특히 부러웠던 시설은 목공방이었다. 전문가의 작업장이라고 해도 손색이 없을 정도로 갖가지 목공 도구와 장비가 잘 갖춰져 있었다. 교실은 따뜻한 파스텔 톤의 색감과 조명으로 안락한 분위기를 자아내고 있었다. 하지만 우리에게 가장 큰 감동과 질투를 동시에 불러일으킨 것은 단연 아이들의 표정이었다. 아이들의 표정에서 UN 행복보고서의 결과가 결코 과장이 아님을 단번에 알 수 있었다. 더구나 그 편안하고 행복한 표정은 9학년까지의 학생들에게서만 목격된 것이 아니라는 점이다. 입시에 찌든 우리 고등학생들이 정말 불쌍하게 느껴졌다. 덴마크 고등학생들의 살아 있는 표정을 보면서 우리에게는 이상인 것들이 이들에게는 이미 일상이구나 싶어 매우 부럽고도 속상했다. 이 모든 것들이 인간들이 만든 제도에 기인하고 모든 제도는 인간들의 사상과 철학에서 나오는 것인 만큼 철학의 중요성을 다시 한번 절감하는 시간이었다.

우리는 자유 교원 대학교 학생들의 가이드를 받아 학교를 둘러보며 함께 이야기를 나누었고 강의를 함께 듣기도 했다. 그중 가장 인상적인 수업은 'Outdoor & Balance'라는 강의였는데 이름부터 예사롭지 않았다. 교육은 삶을 위한 것이므로 삶의 균형이 얼마나 중요한지, 그 삶의 균형 잡음을 위해 아웃도어 활동이 얼마나 중요한지 깨우치는 수업이었다. 이 단순한 진리를 2학점짜리 수업으로 만들었다는 점이 너무나 인상적이었다. 당연히 그 수업에는 대단한 학문적 내용이 없었지만 교육은 철저히 삶을 위한 것이어야 한다는 평범하지만 결코 평범하지 않는 진리를 마음 깊이 새기게 해 주는 시간이었다. 죽은 글이 아니라 살아 있는 말을 중심으로 교육해야 진정 삶을 위한 교육이 가능하다고 했던 그룬트비와 콜의 생각이 다양한 모습으로 변주되어 생생하게 이어져 오고 있는 모습이 감동적이었다.

덴마크를 세계에서 가장 행복한 나라로 만들어 준 요인은 다양하겠지만 내가 직접 보고 확인한 사실 한 가지는 그들의 교육이 정말 삶을 중심에 둔다는 점이다. 삶을 도

외시하는 교육이 만연한 나라에서 나고 자라 교육받은 나에게 이것은 정말 낯선 광경이었다. 교육과 경쟁을 동의어로 받아들이도록 강요받아 온 지난날이 억울하게 느껴졌다. 덴마크 학생들은 삶을 풍요롭게 하기 위해 교육받고 학교에 다니며 수업에 참여하고 있는데, 우리나라 학생들은 무엇을 하고 있는가? 입시에서의 성공이 삶을 풍요롭게 만든다는 믿음이 만연한 경쟁만능주의 학교에서 허우적대는 수많은 아이들의 시들어 가는 청춘이 아깝고 또 아깝다. 삶을 풍요롭게 하기 위해 써야 할 시간과 노력을 오로지 경쟁에서 이기기 위해서만 온통 쏟아부어야만 하는 우리 아이들을 어떻게 도와야 하는가?

오늘도 희망이 보이지 않는 공립학교와 대안학교에서 고군분투하고 있는 한국의 수많은 그룬트비과 콜에게 경의를 표한다. 경쟁교육 일변도의 교육 생태계 속에서도 삶을 교육의 중심에 두기 위해 애쓰는 그들의 노고가 결코 헛되지 않을 것이라 생각한다. 오늘의 덴마크도 155년 동안의 교육 투쟁이 있었기에 가능했다는 사실을 기억하

자. 그 긴 세월 그들도 얼마나 어렵고 힘들었을까. 삶을 위한 교육, 삶을 중심에 두는 수업을 위해서 그토록 긴 세월을 포기하지 않고 투쟁하며 실천해 온 이들이 있었다는 사실은 우리를 위로하고 도전한다. 만약 1830년대 그룬트비가 영국 캠브리지 트리니티 칼리지에 머물며 그들의 모습에서 영감을 얻고 도전받지 않았다면 지금의 덴마크 자유교육 전통은 존재할 수 없었을 것이다. 마찬가지로 오늘 우리가 덴마크로부터 영감을 얻고 도전을 받는다면 우리의 교육도 얼마든지 달라질 수 있다. 이미 그 일은 시작되었고 여기저기에서 분투가 이어지고 있다. 대안교육의 역사가 20년을 넘어섰고 그사이 공교육도 많은 변화를 이루고 있다. 여전히 철옹성과 같은 입시 위주의 교육이 건재하지만 20년 전과 비교할 때 여기저기 균열이 생기고 있는 것이 사실이다. 세계적인 팬데믹과 고도의 디지털화된 사회, AI의 등장과 발전이 가져올 변화는 교육은 철저히 삶을 위한 것이어야 한다는 교육의 궁극적 목적을 전혀 새로운 각도에서 바라보게 할 것이다. 그러니 서로 어깨를 걸고 우직하게 옳은 길을 가 보자.

2.

코펜하겐의 종소리

우리가 코펜하겐으로 돌아온 것은 토요일 오후였다. 나
흘간 올러룹에서 지내다 일요일 오후 핀란드로 넘어가는
비행기를 타기 위해 코펜하겐에 온 것이다. 사실상 코펜하겐에서의 첫날이었던 셈인데 덴마크의 심장인 수도 코펜하겐을 충분히 둘러볼 시간을 갖지 못하는 아쉬움이 컸기에 정신 똑바로 차리고 알차게 둘러보리라 결심했다. 토요일 저녁 식사는 호텔 근처 중식당에서 했다. 닷새간의 강행군으로 지친 몸을 향기로운 중국 음식으로 달랬다. 사실 매일 아침 자유 교원 대학교 학생 식당에서의 아침 식사는 훌륭했다. 큰 치즈를 칼로 잘라 먹는 경험은 새로웠고, 우유가 이렇게나 맛있을 수 있다는 사실이 놀라웠다. 갓 구워 따뜻한 빵에다 풍미 가득한 버터와 딸기잼을 바르고, 짭조름한 치즈를 두툼하게 잘라 얹은 다음 샐러드와 요거트, 신선한 우유와 함께 먹었던 행복한 아침 식사 시간을 잊을 수 없다. 다들 우유를 마시면서 경탄해 마지않았고, 그동안 우리가 한국에서 마셨던 묽은 느낌의 우유들에 대해 성토했던 기억이 난다. 우유만 마셔도 이렇게 행복할 수 있다는 사실은 우리가 너무 당연한 많은 것들을 놓치고 살고 있다는 반증이기도 했다.

무라카미 하루키는 에세이집 《랑겔한스 섬의 오후》에

서 자기의 소확행은 "막 구운 따끈한 빵을 손으로 뜯어먹는 것, 오후의 햇빛이 나뭇잎 그림자를 그리는 걸 바라보며 브람스의 실내악을 듣는 것, 서랍 안에 반듯하게 접어넣은 속옷이 잔뜩 쌓여 있는 것"이라고 했다. 크게 애쓰지 않아도 그냥 일상에서 마주하는 많은 것들이 우리를 소소한 경탄으로 이끄는 세상이어야 하는데 어째서 우리는 애써 찾지 않고는 그 작은 행복조차 느낄 수 없게 되었는가. 덴마크 사람들의 소확행 목록에는 분명 '아침마다 신선하고 고소한 우유를 마시는 것'이 들어 있을 테다.

중식당에서 식사를 마치고 코펜하겐 최고의 번화가 스트뢰에(Strøget) 거리로 나갔다. 가는 길에 유럽 최초의 놀이동산 '티볼리'도 지나갔다. 1843년에 세워진 티볼리는 현대식 놀이공원의 원조로 불리는데 디즈니랜드를 세운 월트 디즈니에게 영감을 준 곳이라고 하니 덴마크의 과거 영광이 어땠는지 새삼 놀라게 된다. 도심 한가운데 위치한 아담한 놀이동산 티볼리는 지금도 코펜하겐 시민들과 여행객들에게 멋진 휴식의 시간을 선사하고 있다.

스트뢰에 첫머리에는 구 시청사와 광장이 있었는데 우리는 시간이 없어 얼른 사진만 찍고 서둘러 관광과 쇼핑의 성지로 들어섰다. 스트뢰에는 차 없는 쇼핑 거리로 니하운(Nyhavn)까지 1㎞가 넘는 길이를 자랑한다는데 길 양옆으로 수많은 가게들과 카페, 펍과 백화점이 줄지어 서 있었다. 나는 먼저 H&M 매장을 찾았다. 깜빡하고 여분의 바지를 가져오지 않은 바람에 지난 한 주 바지 한 벌로 버티느라 무척 불편한 상황이었다. 매장의 규모나 인테리어, 귀를 때리는 댄스음악 등은 한국의 H&M 매장과 비슷했지만 내 마음에 쏙 드는 바지는 찾을 수 없었다. 우리와 체형이 달라서 그런지 내가 좋아하는 바지 라인은 없었고 대게가 통이 너무 크거나 밋밋했다. 그러고 보니 지난 한 주 동안 만나 왔던 덴마크 사람들은 하나같이 수수했고 패션에 민감한 사람이 거의 없었던 것 같다. 대부분 아웃도어 웨어에 워커를 신고 있었다. 늘 눈비가 오락가락하는 날씨 때문에 실용적인 의류를 선호하는 것이겠다. 나중에 네덜란드에서 만난 사람들은 매우 패셔너블했고 모 학교의 교장선생님은 알파치노를 연상시킬 만큼 멋쟁이

였던 것에 비하면 확실히 덴마크 사람들은 패션과는 거리가 멀어 보였다. 대충 맞는 청바지를 사 입고 나와 가족과 지인들에게 선물할 아이템들을 구입하기 위해 레고 숍과 로얄 코펜하겐 매장, 덴마크 다이소라 할 만한 타이거 등을 둘러보았다. 로얄 코펜하겐 도자기들은 매우 고급스럽고 예뻤지만 비쌌다. 결국 타이거 매장에서 특이한 생활용품 몇 가지를 구입하는 것으로 1차 쇼핑을 마무리했다. 우리는 쇼핑으로 지친 다리를 쉬고 마일드한 덴마크 커피를 마시고 싶어 가까운 카페로 향했다. 케이크와 커피를 주문하고 자리 잡은 테이블은 매우 작았고 옆 테이블과의 거리도 지나치게 가까웠다. 내 옆에 앉은 덴마크 사람들이 주고받는 알아들을 수 없는 덴마크어가 곧장 내 귓속으로 타전되어 들어오는 바람에 우리 대화에 집중하기가 조금 힘들었다. 반면 이들은 옆 테이블에서 들려오는 동양인들의 말소리에 전혀 신경 쓰지 않는 것처럼 보였다. 덩치 큰 바이킹의 후예들이 작은 테이블 앞에 다닥다닥 붙어 앉아 대화에 열중하는 모습은 무척 인상적이었다. 나중에 유럽의 다른 나라들을 다녀 보니 이런 광경은 심심찮게 목격되었고 서로의 프라이버시를 존중해 주는 유럽의 보편적인 모습이었다. 이후 여러 차례 유럽을 여행하면서 차츰 나도 옆 테이블에 앉은 사람들을 신경 쓰지 않게 되었고 독일 프라이부르크 마틴스 게이트 앞에 있는 스타벅스 매장에서는 생전 처음 보는 사람과 눈인사를 나누고 테이블을 공유하고 마주 앉아 커피를 마시고 오래도록 책을 읽고 글을 쓰기도 했다.

밤이 깊어 숙소로 돌아올 때는 왕립도서관을 둘러서 오는 길을 택했다. 블랙다이아몬드라는 별명이 붙어 있는 왕립도서관은 바다와 맞닿아 있었고 밤에 보아도 외관이 수려했다. 에스컬레이터를 타고 열람실로 올라갔더니 큰 테이블마다 여러 개의 고풍스런 노란 불빛의 스탠드가 켜져 있었고 몇몇 젊은이들이 공부하는 모습도 보였다. 나도 잠시 스탠드 불빛 아래 앉아 덴마크 도서관의 공기를 깊이 들이마셨다. 한 나라의 과거를 보려면 박물관에 가고, 미래를 보려면 도서관에 가 보라는 말이 꼭 들어맞는 이야기라고 생각하지는 않지만 도서관을 사랑하는 나는 여행하는 도시의 도서관을 일부러 찾곤 했다. 프라이부르크대학 도서관, 하이델베르크대학 도서관, 슈투트가르트 시립도서관, 파리 국립도서관 그리고 방문했던 많은 초중고의 도서관들은 내게 특별한 기억으로 남아 있다. 특히 2013년 3월, CNN이 선정한 세계에서 가장 아름다운 도서관 중 하나였던 슈투트가르트 시립도서관의 신관은 한국인 건축가 이은영 씨가 디자인해서 더욱 의미 있게 느껴졌다. 외벽에 한글로 '도서관'이라고 적어 놓은 것을 봤을 때 나도 모르게 잠시 국뽕에 빠질 뻔하기도 했고 실내로 들어서니 1층부터 4층까지 뻥 뚫린 백색의 공간에 극대화된 개방감까지 느낄 수 있는 멋진 도서관이었다. 뉴욕 공공도서관이 너무 좋아서 이사를 가지 못한다는 어떤 뉴요커의 이야기, 런던 대영박물관 도서관에 틀어박혀 저 위대한 자본론을 썼다는 마르크스의 이야기를 떠올리면 아직도 공공도서관의 쓸모를 제대로 이해하지 못하는 우리의 현실이 안타깝다. 여전히 한국 사회에서 공공도서관은 시민들의 휴식 공간이라기보다 공무원들의 휴식 공간이라는 생각을 지울 수 없다. 구태의연함을 버리고 공공도서관의 무한한 가능성을 실험하는 일들이 왜 이토록 어려운가.

　일요일 아침 우리는 간단하게 아침을 먹고 짐을 싸 1층 로비 보관소에 맡겨 두고 마지막 코펜하겐 관광을 위해 서둘러 호텔을 나섰다. 나는 무슨 이유에서였는지 어기적거리다 가장 늦게 호텔을 나오게 되었다. 당연히 나를 기다리고 있을 일행들에게 미안한 마음을 가득 안고 허겁지겁 뛰어나왔는데 웬걸 그들의 모습은 어디에도 보이지 않았다. 뭐야 이거 하는 마음에 잠시 당혹감을 느꼈지만 이내 잘됐다 싶은 생각이 들었다. 때때로 혼자만의 시간이 필요한 나에게 의도치 않은 기회가 생긴 셈이니 얼마나 다행한 일인가. 이렇게 생각을 바꾸자 급했던 마음이 느긋해졌고 빨랐던 걸음이 느려졌다. 일행을 찾기 위해 두리번거리던 눈에 주변 풍경이 들어오기 시작했다. 역시 여행은 이런 마음으로 해야 제맛이다. 나는 천천히 걸어 어젯밤에 찾았던 스트뢰에 거리로 다시 접어들었다. 우중충한 날씨는 여전했고 일요일 오전이라 거리는 더욱 한산했다. 일행들과 함께 다니면 이야기를 나누느라 주변을 세심하게 관찰하기 어려웠을 텐데 혼자 걷다 보니 이것저것 신기한 것들이 눈에 들어왔다. 어제 청바지를 구입했던 H&M 매장 문은 아직 굳게 닫혀 있었고 많은 카페와 가게들도 아직 장사를 시작하기 전이었다. 그나마 문이 열려 있는 곳은 빵집들이었는데 먹음직스러운 빵이 가득 진열되어 있었고 커피와 빵으로 조금 늦은 아침을 먹는 이들이 보였다. 오래된 건물을 현대식으로 고쳐 만든 매장들을 지나 도시 군데군데 조성되어 있는 작은 공원과 공원 한편에 세워져 있는 조각품들을 둘러보고 크고 작은 골목길들을 기웃거리다 문득 교회 종소리를 들었다. 시계를 보니 오전 11시였다. 예배 시작을 알리는 종소리인 듯싶었다. 나는 지금 꼭 해야 하는 일이 있는 것도 아니고 쇼핑할 시간도 충분하니 그냥 종소리를 따라가 보기로 했다.

종소리를 따라 들어간 곳은 루터파 교회였는데 예배에 참석한 신자들은 20명 남짓이었다. 예배당의 규모에 비해 사람들이 너무 적어서 썰렁했다. 유럽 교회들이 쇠퇴했다더니 여기도 다르지 않았다. 목사님은 여성분이셨는데 예배당 중간 지점에 높이 설치된 설교단에 올라 덴마크 말로 설교하셨고 나는 '아멘' 외에는 하나도 알아듣지 못했다. 그렇지만 예배당 뒤편 2층에서 4명의 성가대가 오르간 반주에 맞추어 4부 합창으로 불러 준 찬양의 곡조는 매우 아름답고 풍성했다. 네 사람이 만들어 내는 조화로운 소리가 예배당을 온통 휘감았다. 가사의 내용을 알아듣지 못해도 상관없었다. 음악만이 줄 수 있는 깊은 감동을 충분히 느낄 수 있었고 종소리를 따라오길 참 잘했구나 하는 깊은 만족감을 느꼈다. 예배의 마지막 순서는 앞으로 나가 목사님이 주시는 빵과 포도주를 받는 성찬 예식이었다. 줄지어 나가 한 사람씩 목사님 앞에 무릎을 꿇고 포도주에 적신 작은 빵 조각을 받아먹었다. 이방인인 나는 맨 마지막에 무릎을 꿇었다. 목사님은 덴마크 말로 몇 마디 하시면서 내 입에도 빵을 넣어 주셨다. 짐작건대 '이것은 내 몸이요, 이것은 내 피라'는 예수님의 말씀일 것 같았다. 매우 엄숙한 분위기 속에서 진행된 예배는 깔끔하면서도 감동적이었다. 말이 해내지 못하는 일을 음악과 예식이 해냈다. 나는 마지막까지 '아멘'과 '할렐루야'밖에는 못 알아들었지만 깊은 감동을 받았고 예배를 통해 전하고자 하는 메시지를 마음에 깊이 새겼다. 수첩을 꺼내 받은 감동과 떠오른 생각들을 기록하고 예배당을 천천히 둘러본 후 밖으로 나왔다. 어느새 구름이 걷히고 파란 하늘이 드러나 있었다.

우연히 종소리를 듣고 무작정 찾아가 참여했던 이 한

시간의 예배는 내 짧았던 코펜하겐 추억의 1면에 자리 잡았다. 우리는 모두 저마다의 방식으로 무언가를 추억한다. 같은 곳을 여행해도 서로 다른 풍경 앞에 시선이 머물고 마음을 빼앗긴다. 참 신기한 일이다. 우리가 서로의 이야기에 귀 기울여야 하는 이유가 여기에 있다. 다양한 나무와 풀이 뒤섞여 자라는 건강한 숲이 주는 안정감, 빨주노초파남보 다채로운 색이 조화로운 무지개의 감동처럼 우리는 서로 달라서 향기롭고 아름답다. 다른 시선에서 나온 다양한 이야기가 이 세상을 풍성하게 만든다. 만 하루도 되지 않는 짧은 코펜하겐 일정이었지만 내 기억 속 코펜하겐은 예쁜 파스텔색 건물들이 줄지어 서 있던 니하운과 관광객으로 붐비던 인어공주상 풍경이 아니라 그 일요일 아침 감미로운 종소리로 각인되어 있다.

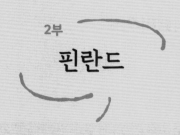

2부

핀란드

1.

무민과 시벨리우스

덴마크에서의 일주일 여정을 끝내고 일요일 오후 핀란
드 헬싱키 반타 국제공항에 도착했다. 핀란드에서의 일
정은 한국인 가이드가 있어 수월한 면이 있겠지만 우리끼리 만들어 가는 재미는 덜할 것 같아 조금 걱정이 되기도 했다. 반타 공항에서 버스를 타고 헬싱키 도심의 호텔로 이동하는 내내 덴마크와의 차이점을 찾느라 버스 안은 온통 시끌시끌했다.

　나에게 핀란드는 자일리톨과 무민의 나라였으며 공부 잘하는 교육 강국의 이미지였다. 당시 우리보다 일찍 핀란드 교육에 관심을 가진 일본 사람들이 핀란드 교육과 관련한 책들을 썼고 그 책들이 국내에 번역·출간되면서 핀란드 교육에 대한 관심이 증폭되어 있던 시절이었다. 한국 사람들이 핀란드 교육 현장을 보겠다며 너무 많이 방문하는 바람에 핀란드 학교에서는 탐방 비용을 청구하는 황당한 상황이 벌어지고 있었다. 귀찮고 힘들면 탐방을 거절하면 될 일인데 탐방 비용을 청구하는 모습이 좋아 보이지 않았다. 특히 아무 기대 없이 방문했던 덴마크 교육 현장에서 받은 환대와 감동이 워낙 컸던 차라 핀란드의 이런 행태가 조금 불편하게 느껴졌다. 지난주 덴마크 자유 교원 대학교 올레 피더슨(Ole Pedersen) 학장은 정색을 하며 '벤치마킹'이라는 경제학 용어를 교육 영역에 사용할 때는 신중해야 한다고 하셨는데 교육 탐방을 장사의 수단으로 삼고 있는 핀란드 사람들이 좋아 보일 리 없는 건 당연한 일이었다. 고소하고 따뜻한 덴마크 교육의 맛을 한껏 느끼고 방금 날아온 나의 핀란드 학교 첫인상은 그래서 더욱 호의적이지 못했다. 하지만 핀란드 교육에 대한 맹목적인 찬양과 흠모가 난무하던 시절이었기에 어쩌면 이런 비판적인 시작은 핀란드 교육을 제대로 이해하는 데 방해가 될 수 있는 선입견을 떨쳐 내는 좋은 기회이기도 했다. 유럽 교육에서 강조하는 비판적 사고를 십분 발휘한 셈이니까.

덴마크와 비교할 때 핀란드의 자연환경은 훨씬 아름다웠다. 호수의 나라라는 별명답게 착륙하면서 내려다본 핀란드 땅에는 정말 호수가 많았다. 하얀 눈으로 뒤덮인 대지와 울창한 숲들, 숲과 숲 사이사이에 자리하고 있는 크고 작은 호수들은 정말 아름다웠다. 비행기에서 내려다본 유럽 여러 나라의 풍광 중 가장 이국적이었다. 물은 맑고 차가웠으며 공기는 깨끗하고 신선했다. 우리는 헬싱키 시내에 있는 호텔에 짐을 풀었다. 어느 나라든 제일 먼저 맛보는 그 나라 음식은 대게 물일 텐데 방에 생수가 비치되어 있지 않아 카운터로 전화했더니 황당한 답변이 돌아왔다. 화장실 수도꼭지를 틀어 물을 받아 마시면 된다는 것이었다. 당황스러웠지만 속는 셈 치고 컵에 물을 받아 마셨는데 이게 웬일인가. 물맛이 정말 좋았다. 20대 중반 지리산을 종주하면서 맛보았던 그 놀라운 물처럼 차갑고 신선했으며 배 속 깊은 곳으로 거침없이 내려갔다. 우리나라에서는 지리산같이 높고 깊은 산에서만 맛볼 수 있는 그 특별한 물맛을 헬싱키 호텔방에서 수도꼭지를 틀어 무심하게 맛볼 수 있다는 사실이 비현실적으로 느껴졌다. 이것은 대부분의 유럽 국가들이 석회질 성분 때문에 물을 사서 마셔야 하는 것과 대조되는 핀란드만의 보물이었다.

반면 핀란드의 건물들은 덴마크에 비해 회색빛을 띄었다. 핀란드도 북유럽 디자인의 한 축을 형성하는 나라로 디자인 면에서 둘째가라면 서러울 만한 나라인데도 전체적인 거리의 색감은 회색빛이었다. 아마도 오랜 시간 사회주의국가 러시아의 지배 아래 있었기 때문일 것이다. 핀란드는 12세기부터 약 500년 동안 스웨덴의 지배하에 있었고 이어 1809년부터 1918년까지 러시아의 지배를 받았다. 그런데 신기한 것은 처음 방문한 핀란드가 꽤 친근하게 느껴진다는 점이었다. 오랜 시간 외세의 지배하에 있었다는 점, 인구의 약 92%를 이루는 핀족이 아시아계로 분류되는 인종이라는 점, 그들이 사용하는 핀어가 한국말이 속한 우랄—알타이어족에 속한다는 점 등이 핀란드를 친근하게 느끼게 만들었던 것 같다. 확실히 북게르만족인 덴마크 사람들과는 다르게 핀란드 사람들의 얼굴에서는 동양의 분위기가 묻어났다. 거기다 우리처럼 교육을 강조하고 공부를 열심히 하는 사회 분위기는 핀란드를 더욱 친근하게 느끼게 만드는 또 하나의 이유였을 것이다.

덴마크를 다녀온 이후 어느 나라를 가든지 아이들의 표정부터 살피게 되는 습관이 생겼는데 핀란드 아이들의 표정은 우리나라 아이들과 비교할 수 없을 만큼 밝았지만 덴마크 아이들에 비하면 왠지 모르게 어둡게 느껴졌다. 이것은 우리 일행 모두의 공통된 견해였다. 핀란드의 국민행복지수 순위도 덴마크 못지않은데 왜 그랬을까? 핀란드가 지금은 매우 높은 GDP를 자랑하는 부유한 나라가 되었지만 100년 전 러시아로부터 독립했을 때는 변방의 가난하고 힘없는 나라일 뿐이었다. 어렵게 식민 지배에서는 벗어났지만 가난의 문제는 여전히 도사리고 있었을 테니 나라를 부강하게 하는 가장 확실한 방법으로 강조된 것은 열심히 교육하고 공부하는 것뿐이었다. 고단했던 핀란드의 역사가 교육을 강조하게 만들었고 그런 노력은 결실을 맺어 지금은 매우 잘사는 나라가 되었지만 열심히 공부해야 한다는 사회적 분위기는 알게 모르게 학생들에게 부담을 지우기도 했을 것이다. 그런 점에서 우리나라와 유사한 성장의 과정을 밟아 왔을 핀란드가 친근하게 느껴졌던 것 같다.

핀란드는 무민의 고향이다. 종종 하얀 하마라고 오해받

는 무민은 북유럽 신화에 나오는 트롤인데 톨킨이 쓴 호빗이나 반지의 제왕에 나오는 우둔하고 멍청한 트롤들과 다르게 순수하고 모험을 즐기며 마음이 따뜻한 친구다. 우리가 핀란드를 방문했던 2014년은 무민을 탄생시킨 작가 토베 얀손(Tove Marika Jansson)이 태어난 지 100주년이 되는 해로 핀란드 국립미술관 아테네움에서 대규모 기획전이 열리고 있었다. 안타깝게도 일정이 허락지 않아 국립미술관에 갈 수는 없었고 대신에 무민 캐릭터가 그려진 굿즈를 구입하는 것으로 만족해야 했다. 나중에 한국으로 돌아와 토베 얀손과 무민에 대해 알아보니 얀손은 2차 세계대전 중이던 1945년에 〈무민 가족과 대홍수〉 시리즈를 내놓았는데 전쟁이라는 엄혹한 현실에 놓여 있던 유럽 사람들이 무민 가족과 친구들의 따뜻한 이야기를 통해 참담한 현실 속에서도 웃음과 희망을 잃지 않도록 도왔다는 평가를 받고 있었다. 그 후 원작 동화 〈무민 골짜기의 겨울〉은 1966년 어린이 문학의 노벨상인 안데르센상을 수상하기도 했다. 인간성을 말살시키는 참혹한 전쟁 중에도 인간들은 동화를 읽고 만화를 본다는 건 놀라운 일이다. 1940년 영하 25도의 날씨 속에서 독일 괴를리츠 근처의 스탈락8A 포로수용소에서 연주된 메시앙(Olivier Messiaen)의 '시간의 종말을 위한 사중주'처럼 아름답고 따뜻한 동화를 쓰고 읽는 일은 냉혹하고 참담한 전쟁의 현실을 잠시 잊게 만드는 치유의 행위라 할 수 있다. 이 마음 따뜻해지는 동화를 읽는 시간은 언제 끝날지 모르는 엄혹한 전쟁의 현실을 견디고 버텨 내게 하는 힘을 충전받는 시간이었다. 날마다 타전되어 오는 전장의 파괴와 살상의 소식은 사람들의 마음을 사막처럼 만들었지만 무민의 이야기를 읽을 때면 그 사막에 강물이 흘러들고 들

꽃이 피어났을 것이다. 그런 면에서 아름다운 이야기를 만들고 들려준 이 세상의 모든 작가들은 세상을 구원한 사람들이다.

　비록 토베 얀손 기획 전시를 볼 수는 없었지만 핀란드가 낳은 세계적인 작곡가 시벨리우스(Jean Sibelius)를 만날 수 있었다. 시벨리우스를 만난 첫 번째 장소는 시벨리우스 공원이었다. 공원에는 시벨리우스의 두상과 600개의 강철로 만들어진 파이프 오르간이 전시되어 있었다. 핀란드 정부와 국민들이 시벨리우스에게 보내는 찬사는 대단했는데 우리로서는 선뜻 이해되지 않기도 했다. 러시아 제국의 지배하에 있던 시절 교향시 〈핀란디아〉를 작곡하여 국민들에게 민족의식을 고취시켰다는 공로로 이런 대접을 받고 있는 것인데, 우리나라의 수많은 독립운동가들이 어떤 대접을 받고 있는지 알기 때문에 선뜻 공감하지 못했다. 그뿐만 아니라 클래식 음악에 대한 존중과 관심이 현저히 부족한 대한민국의 현실을 알기에 더 그랬던 것 같다. 세계적인 작곡가 윤이상을 대하는 우리의 모습을 떠올려 보라. 1972년 뮌헨 올림픽 전야제에 오 페라〈심청〉을 올릴 만큼 대단한 성취와 존경을 받았던 윤이상을 아는 한국 사람이 얼마나 되는가. 분단과 동족 상잔의 전쟁을 경험한 나라의 어쩔 수 없는 비극이라고 치부할 수만은 없다. 우리 사회가 예술에 보이는 관심이 부족하다는 것은 명백한 사실로 이는 매우 안타까운 일이 다. 늦었지만 2002년부터 통영에서는 매년 윤이상을 기 리는 통영국제음악제가 개최되기 시작했고, 2022년 반 클라이번 피아노 콩쿠르에서 우승한 임윤찬이 윤이상국 제음악콩쿠르에서 우승하기도 했었다는 사실은 작은 위 안이다.

　내가 두 번째로 찾았던 시벨리우스 관련 장소는 카페 카펠리(Kappeli)였다. 핀란드 사람들은 세계에서 커피를 가장 많이 마시는 사람들이다. 미국과 이탈리아를 넉넉 히 따돌릴 만큼 압도적인 양을 자랑한다. 하루 평균 6~10 잔을 마신다고 하니 대단하다. 그것이 가능한 이유는 핀 란드 커피의 마일드함에 있다. 앉은 자리에서 여러 잔을 마셔도 위에 별로 부담이 가지 않는 부드러움이 있는데 그렇다고 해서 물을 많이 타 묽은 것도 아니다. 참 신기한 맛이었다. 숙소에서 트램을 타고 찾아간 카페 카펠리는 건축된 지 140년이 넘은 목조 건물인데 통유리창이 매우 인상적이었다. 더구나 이 카페가 내게 더 특별했던 이유는 시벨리우스가 자주 찾았던 일상의 공간이었기 때문이다. 예전에 캄보디아 시엠립에 갔을 때 안젤리나 졸리가 툼 레이더 촬영차 왔다가 들렀다는 식당에 간 적이 있었다. 그때 졸리가 한 번 앉았던 자리에 앉아 기념 촬영을 하면서 신기해했었는데 카페 카펠리는 시벨리우스가 일상적으로 드나들던 곳이라고 하니 어찌 신기하지 않을 수 있겠는가. 카페의 모든 공간은 위대한 음악가의 영감이 깃들어 있기라도 한 듯 뭔가 특별해 보였다. 당시에 나는 시벨리우스의 음악 중에 〈핀란디아〉밖에 알지 못했지만 왠지 그가 친근하게 느껴졌다. 마침 함께 갔던 일행 중 한 사람의 생일을 축하하는 자리이기도 했기에 커피와 케이크를 먹으며 핀란드에서의 특별한 생일을 축하했다. 통유리창 밖으로 어둠 속 노란 전등 불빛 아래 눈 쌓인 거리의 풍경이 아름다웠다. 유럽에 와 처음으로 트램을 탔고 시벨리우스가 자주 드나들던 카페에서 커피를 마셨으며 시벨리우스가 내다보던 거리의 풍경을 보고 그 거리를 걸었던 그날 나는 참 행복했다. 지금도 시벨리우스 바이올린 협주곡 D단조를 들으면 눈 덮인 핀란드의 서늘한 풍광과 애잔한 핀란드의 역사가 떠오르고 그날의 마일드한 커피 맛이 그리워진다.

2.

핀란드 사우나와 눈 내리던 헬싱키의 밤

헬싱키 호텔에는 핀란드식 사우나가 있었다. 한국 목욕
탕에서 즐기던 핀란드식 사우나를 핀란드 현지에서 경험

하고 싶어 투숙한 첫날부터 매일 밤 사우나를 찾았다. 호텔 사우나는 한국과 크게 다를 게 없었다. 하루는 중년의 핀란드 남자와 사우나에서 이야기를 나누게 되었는데 한국을 알고 서울에 한 번 가 본 적이 있다고 했다. 핀란드 인구가 550만 내외이고 헬싱키 인구는 60만 정도라는 말을 하면서 한국과 서울의 인구가 얼마냐고 물어 왔다. 서울의 인구만 하더라도 1,000만이 넘는다는 내 이야기를 듣고 그 핀란드 남자는 혀를 내 둘렀다. 빽빽한 아파트 숲과 붐비는 지하철, 넘쳐 나는 자동차의 도시 서울을 떠올리며 조금 답답해하는 것 같기도 했다. 하긴 헬싱키같이 한적한 도시에 살다가 서울 같은 메가시티에 가게 되면 처음엔 신기할지 몰라도 이내 답답해질 테다. 이는 50만 포항에 살다가 서울에 갈 때마다 느끼는 내 감정이기도 하다.

헬싱키의 밤은 차갑고 어두웠다. 쌓인 눈과 내리는 눈이 가로등 불빛에 반사되어 반짝반짝 빛났고 발트해에서 불어오는 바람은 음습했다. 밤거리를 걷는 일은 나의 오랜 취미인데 낮 동안의 강행군으로 쌓인 피로를 사우나에서 풀고 자는 시간을 아껴 호텔 밖으로 나왔다. 패딩에 목도리, 털모자를 푹 눌러 쓰고 털장갑까지 낀 나는 헬싱키의 밤거리를 이리저리 쏘다녔다. 딱히 목적지가 있는 산책이 아니었기에 말 그대로 발길 닿는 대로 걸었다. 돌아올 것을 생각해 호텔의 위치와 주변 건물의 모양새를 기억하려고 잠시 주변을 쳐다보는 일을 제외하고는 아무 생각이나 떠오르는 대로 하면서 걸었다. 그렇게 나는 헬싱키에 머무는 거의 매일 밤을 알차게 쏘다녔다. 어떤 날은 일행들과 같이 나가기도 했지만 가장 기억에 남는 시간은 역시 홀로 거닐던 밤이었다. 대단한 생각을 해서가 아니라 다리를 들어 올려 발을 내딛고 발이 땅을 밀어내는 이 단순한 반복 행위 자체가 주는 뿌리 깊은 근원성이 좋았다. 더구나 내 발이 밀어내는 땅은 전혀 새로운 땅, 이국의 땅이고 그 반복은 나를 다른 공간으로 데려갔다.

경쟁하지 않는 데 세계 최고의 학력을 가질 수 있다는 사실을 증명한 나라 핀란드. 의무교육을 받는 16세까지는 학생들끼리 비교하는 시험이 없는 핀란드는 어떻게 세계 최고의 학력을 가질 수 있었는가라는 질문을 던지고, 그 질문에 답을 찾기 위해 무수한 사람들이 핀란드를 다녀 갔다. 우리도 마찬가지였다. 하지만 내가 정말 알고 싶은 것은 OECD가 '경제'와 '효율', '개발'과 '발전'을 중심에 놓 고 측정하는 시험인 PISA에서 1위를 차지하는 비결이 아 니었다. 적은 시간 공부하고도 더 높은 성취를 얻는 효율 적 학습법을 알고 싶은 것도 아니었다. 이들도 우리와 똑 같은 욕망을 가진 사람들인데 어떻게 그 욕망을 적절하게 통제하고 경쟁보다 협력이 더 좋은 결과를 만들어 낼 수 있다는 것을 증명하는 실험을 과감하게 진행할 수 있었는 지 알고 싶었다. 하지만 답은 어디에도 쓰여 있지 않았다. 싹 밀어 버리고 나라를 다시 세운다 한들 이 무한 입시 경 쟁 교육은 바꿀 수 없을 것이라는 자조가 여기저기에서 들려온다. 대한민국의 그 많은 교육 관료와 학자들은 도 대체 핀란드에서 무엇을 보고 갔단 말인가. 혁신의 본질 은 찾아내지 못하고 변죽만 울리며 '역시 우리는 어쩔 수 없어.'라는 자괴적 확신만 강화하고 돌아간 것인가.

　우리는 주로 오전에 학교들을 방문했고 오후에는 과학관, 쇼핑센터, 사우나 같은 곳을 방문하며 핀란드의 교육과 그 교육의 바탕을 이루는 문화를 체험하는 시간을 가졌다. 한 나라의 교육을 총체적으로 이해하기 위해서는 학교와 수업만 보아서 될 게 아니라 그 사회에 관한 사회학적, 문화인류학적 이해가 수반되어야 한다고 생각했기 때문이었다. 저녁에는 자유 시간이 주어져 몇몇 사람들과 카페에 둘러앉아 낮 동안 방문했던 학교와 문화 체험 등을 통해 느낀 점을 나누기도 했고 시내 투어에 나서기도 했다. 핀란드 과학 센터(HEUREKA)에서는 둥근 천장 전체를 스크린으로 만든 천제 체험이 가장 인상적이었고, 쇼핑센터에서는 핀란드 디자인으로 유명한 마리메꼬(marimekko), 이딸라(iittaia) 등을 구경하고 구입했다. 핀란드의 간결하고 깔끔한 디자인, 다양한 문양과 패턴, 선명하고 이지적인 색감은 정말 매혹적이었다. 나는 지인들에게 나눠 줄 선물로 피스카스(FISKARS)에서 나온 가위를 여러 개 샀는데 지금까지도 잘 쓰고 있다. 정밀한 공구 하면 독일이나 스위스가 대표적인데 핀란드에도 이런 질 좋은 공구 회사가 있다는 데 놀랐다. 좀 더 알아보니 피스카스는 가위와 도끼 등의 생활용품으로 이미 세계적인 입지를 구축하고 있는 브랜드였다. 심지어 당시에 피스카스 그룹은 로얄코펜하겐, 웨지우드, 로열달튼이라는 유럽 3대 도자기 브랜드를 모두 인수하여 매년 1조 5,000억이 넘는 매출을 올리고 있는 기업이었다. 가위 하나에도 북유럽 감성이 듬뿍 담긴 디자인이 적용되어 있는 걸 보면서 왜 북유럽 디자인의 한 축으로 핀란드를 꼽는지 알 수 있었다. 핀란드가 유로화를 쓰기 전에 사용하던 화폐 '마르카'에는 작곡가 장 시벨리우스와 건축가이자 디자이너 알바 알토가 그려져 있었다고 하니 핀란드인들이 예술을 얼마나 소중하게 생각하는지 알 수 있다. 그런 국민적인 애정에 힘입어 핀란드는 당당히 북유럽 디자인을 이끌어 가고 있는 것이리라. 이들은 PISA 시험에서 1등을 하면서 동시에 디자인 분야에서도 세계를 선도하고 있다는 사실이 모순처럼 느껴졌다. 국영수도 잘하고 음악, 미술도 잘하는 우등생 같다고나 할까. 이런 우등생은 '묻지마 공부'의 환경에서는 결코 나올 수 없다.

　매일 밤 호텔 사우나를 즐겼지만 정말 잊을 수 없는 경험은 숲속에 자리하고 있는 전통 방식의 핀란드 사우나에서 할 수 있었다. 사우나에 들어가기 전에 우리는 눈 덮인 얼음 호수를 산책했다. 사방이 빽빽한 침엽수로 둘러싸인 드넓은 호수는 꽁꽁 얼어 있어 땅과 구별되지 않았다. 얼어붙은 호수 위를 사방으로 걸으면서 핀란드의 알싸한 겨울 공기를 한껏 들이마셨다. 차갑고 깨끗한 호수처럼 핀란드의 겨울 공기는 차갑고 투명했다. 핀란드 디자인에 깃들어 있는 명료, 절제, 선명의 느낌은 이곳의 기후와 자연환경이 투영된 결과가 분명했다. 핀란드 자연 그 어디에도 애매, 우유부단, 무절제를 떠올릴 만한 것이 없었다. 모든 것이 머리가 띵할 정도로 선명하고 명확했다. 흰색 바탕에 파란색 스칸디나비아 십자가가 그려진 깔끔한 핀란드 국기만큼이나 눈 덮인 얼음 호수 위에서 바라본 핀란드의 하늘과 숲은 아름다웠다.

호수와 숲의 나라라는 별명답게 통나무로 지은 사우나는 정말 멋있었다. 큰 침엽수를 잘라 만든 사우나에는 뜨겁게 달궈진 돌들이 가득 쌓여 있었고 바가지로 물을 떠 잘 달궈진 돌에 끼얹자마자 하얀 수증기가 쏴아 소리를 내며 솟아올랐고 가장 위쪽 자리에 앉아 있던 내 얼굴도 뜨거운 열기에 벌겋게 달아올랐다. 사우나에 들어온 지 몇 분 지나지 않았는데도 온몸에 땀이 흐르고 숨이 답답해졌다. 이제 할 일은 뜨겁게 달궈진 몸을 얼음 호수에 담그는 일이다. 사우나에서 나와 약 25미터 거리에 있는 호수까지 걸어가는 일은 신났다. 몸에 가득 찼던 열기가 빠져나가면서 시원해지는 기분을 만끽하며 도착한 얼음 호수는 맑고 투명했다. 몸이 거의 식어 버린 마당에 굳이 지금 호수에 들어가야 하나 잠시 망설이기도 했지만 우리보다 앞서 호수에 들어가는 핀란드 아저씨, 아줌마를 보면서 용기를 냈다. 물은 예상보다 훨씬 더 차가웠다. 금세 손끝 발끝이 얼얼해지고 뻣뻣해졌다. 으아 소리를 내지르며 호수에서 올라와 사우나까지 돌아가는 길은 정말 멀게 느껴졌다. 말 그대로 발가락이 떨어져 나갈 듯 아파왔다. 거의 뛰다시피 종종 걸음으로 도착한 사우나의 열기는 금방 다시 우리 몸을 돌처럼 벌겋게 데워 주었고 이내 뜨거워진 몸은 다시 차가운 호수를 갈망했다. 이렇게 7번 사우나와 얼음 호수 입수를 반복하면 1년 내내 감기에 걸리지 않는다는 핀란드 아저씨의 말에 호기심을 느낀 나는 고통을 감내하며 7번 입수를 감행했다. 마지막 7번째 입수를 마치고 사우나로 돌아오는 길에는 이 위대한 일을 나를 포함해 우리 중 단 3명만이 성공했다는 자부심을 느끼면서 호기롭게 사진까지 찍었다. 그런데 웬걸, 사우나를 마치고 저녁 식사를 위해 찾아간 식당에서부터 콧물이 흘러내리기 시작했다. 목덜미는 도무지 서늘함이 가시질 않았고 닦고 닦아도 콧물은 멈출 줄을 몰랐다. 저녁을 먹는 내내 목도리와 털모자를 벗지 못했다. 뜨거운 물을 연거푸 마시고 따끈한 음식을 충분히 먹고 체온을 높인 후에야 겨우 컨디션이 돌아오기 시작했다. 생각해 보니 우리와 같이 사우나를 즐기던 핀란드 아저씨는 나보다 몸무게가 족히 40킬로는 더 나가 보였었다. 참 어리석었다. 체격이 크고 살집이 좋은 핀란드 사람들이나 7번 할 일이었다. 모든 속설은 인종과 체질, 몸무게와 살집을 고려해야 한다는 사실을 간과한 대가는 혹독했다. 그날 밤 나는 산책을 나서지 못했다.

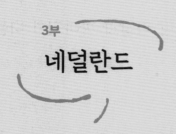

3부
네덜란드

1.

암스테르담 카날과 까마귀가 나는 밀밭

2016년 1월 네덜란드 암스테르담 스키폴 공항에 도착했다. 두 번째 유럽 교육 탐방이자 세 번째로 방문하는 나라 네덜란드의 첫인상은 화사하고 친절하다는 것이었다.

2년 전에 방문했던 덴마크, 핀란드에 이어 네덜란드까지 모두 국민소득이 높고 민주주의가 잘 정착된 매력적인 나라들이었지만 영국, 프랑스, 이탈리아 같은 서유럽 주류 국가가 아닌 변방의 작은 나라라는 점에서 우리 유럽 교육 탐방의 의의가 더욱 각별하게 다가왔고 묘한 기쁨마저 가지게 했다. 흔히들 말하는 '변방'이 가진 투박함과 자유로움이 빚어 내는 뜻밖의 매력이 나를 자극했다. 무명하기 때문에 숨겨져 있는 지혜와 아름다움을 의외의 공간과 상황에서 마주하게 될 것 같은 생각이 들었기 때문이다. 그리고 그 기대는 현실이 되었다.

나에게 네덜란드는 풍차, 튤립, 히딩크, 헤이그 특사, 반 고흐, 렘브란트의 나라였다. 이렇게 쓰고 보니 네덜란드에 대해 꽤 많은 것을 알고 있는 것 같기도 하지만 여기에 더할 말이 별로 없다. 기껏해야 하우다 치즈, 종교개혁의 한 갈래인 개혁주의 개신교 전통, '세상은 하나님이 만드셨고, 네덜란드는 네덜란드 사람들이 만들었다.'라는 우스갯소리 정도를 덧붙일 수 있겠다. 이에 비해 서유럽의 중심 국가 영국이나 프랑스에 관해서는 얼마나 많은 것을 알고 있는가. 《변방을 찾아서》에서 신영복 선생은 "역사는 변방에서 이루어진다."라고 말하면서 "오리엔트의 변방이었던 그리스와 로마, 그리스와 로마의 변방이었던 합스부르크와 비잔틴, 근대사회를 열었던 네덜란드와 영국 그리고 영국의 식민지였던 미국에 이르기까지 인류의 문명은 끊임없이 그 중심지가 변방으로 이동해 온 역사"라는 설명을 덧붙였다. 그런 면에서 네덜란드는 근대사회의 시작점에 세계의 주류가 된 적이 잠깐 있었다. 뉴욕의 원래 이름이 뉴암스테르담이었다는 점에서 볼 수 있듯이. 하지만 오늘날 누가 네덜란드를 세계의 주류, 아니 유럽의 주류라고 말하는가. 작지만 강한 나라, 내실이 튼튼한 나라, 혁신적인 나라라고 하지만 어쩔 수 없는 변방임에는 틀림이 없다. 그렇기에 덴마크, 핀란드에 이어 네덜란드 방문은 스스로 변방의 사람이라 여기는 나에게 매우 적절한 것이었다. 나는 변방의 나라 네덜란드가 아주 마음에 들었다.

오색찬란하고 오밀조밀한 건물들이 줄지어 늘어서 있

는 암스테르담의 풍경은 어디를 찍어도 한 장의 엽서였다. 비가 갠 뒤 버스 창문에 달라붙어 있는 빗방울과 함께 찍힌 암스테르담 중앙역 앞 교차로 사진은 지금도 내게 설렘과 기쁨을 유발한다. 뭔가 새로운 일, 즐거운 일이 일어날 것만 같은 설렘이 사진 속에 담겨 있다. 이것은 네덜란드라는 나라가 뿜어내는 특별한 기운이자 분위기다. 덴마크나 핀란드에서는 한 번도 느껴 보지 못한 야릇한 기분을 느끼면서 암스테르담 곳곳으로 흘러드는 운하로 향했다. 붉은 벽돌색이 인상적이었던 암스테르담 중앙역은 세계 기차역 가운데서도 손꼽히는 아름다움을 자랑한다더니 과연 대단했다. 고풍스러운 중앙역 바로 앞에는 여러 개의 카날(Canal) 회사들이 줄지어 있었고 우리는 괜찮아 보이는 한 카날을 잡아타고 운하 투어를 시작했다. 한국어 오디오 가이드가 있다는 사실에 놀라워하며 헤드폰을 끼고 1시간가량 운하 투어를 즐겼다. 깔끔한 네덜란드답게 카날의 시설은 매우 훌륭했고 천장이 투명한 유리로 되어 있어 시원한 개방감을 느낄 수 있었다. 암스테르담 운하는 전체 길이가 100km 이상으로 베네치하

운하보다 더 길고, 운하를 가로지르는 교량도 1,500개가 넘는다고 했다. 운하 주변으로는 수많은 역사적 건물들이 늘어서 있었는데 그중에서 가장 기억에 남는 것은 단연 안네 프랑크의 집이었다. 안네 가족들은 그 집에 1942년부터 1944년까지 숨어 살았다. 안네는 지붕 밑 방에서 유일한 친구였던 일기장 키티에다 일기를 썼고, 결국엔 발각되어 수용소로 보내졌다. 이토록 평화롭고 아름다운 운하의 풍경을 코앞에 두고도 작은 집 안에 숨어 숨 한 번 크게 쉬지 못하고 살다 간 안네를 떠올리자니 방금까지 찬란하게 보이던 운하와 주변 풍경들이 빛바랜 사진처럼 느껴졌다.

카날 투어가 끝나갈 무렵 보트 뒤로 나가 바람을 맞으며 배 뒤로 사라져가는 포말을 물끄러미 바라보다 지금 내가 보고 있는 암스테르담의 푸른 하늘, 엷은 물비린내가 섞인 기분 좋은 바람, 물을 밀어내는 힘찬 엔진 소리까지 어느 것 하나 영원한 건 없구나 싶은 생각이 들었다. 안네가 죽임당해 사라지고, 포말이 만들어졌다가 사라져

버리듯 이 세상 모든 것들도 잠시 존재하다 결국엔 사라지고 말 텐데. 어느 날 저 포말처럼 흔적도 없이 사라지고 말 운명에 처한 나의 오늘은 무슨 의미를 가지는가. 《시지프 신화》에서 카뮈가 던졌던 질문 "당신은 왜 자살하지 않는가?"에 나는 뭐라고 답할 것인가. 《구토》에서 주인공 로캉탱의 입을 빌려 "나는 내게 주어진 … 아무 이유 없이 주어진 이 삶 앞에서 그저 놀라고 있을 뿐이 아닌가?"라고 묻던 사르트르도 떠오른다. "과학적으로 삶은 아무 의미가 없다. 그래서 인간은 의미를 만들며 살아야 한다."라는 유시민의 말도 생각난다.

암스테르담에서 꼭 봐야 하는 미술관이라면 라익스 뮤지엄(Rijksmuseum)과 반 고흐 뮤지엄(Van Gogh Museum)일 것이다. 더구나 이 두 미술관은 공원을 중앙에 두고 지척에 위치해 있었다. 나는 주저 없이 반 고흐 미술관으로 발걸음을 옮겼다. 시간 관계상 하나를 고를 수밖에 없는 상황이기도 했지만 오래전부터 반 고흐를 흠모해 오던 나로서는 당연한 선택이었다. 반 고흐의 그림을 실제로 본다는 흥분으로 들어가기 전부터 마음이 한껏 들떴다. 미술관은 외양부터 매우 현대적이고 아름다웠다. 18세 이하 고등학생까지는 무료입장을 시켜 주는 정책도 마음에 들었다. 예술을 장려하는 좋은 방법 중 하나는 문턱을 낮추어 쉽게 드나들 수 있도록 만드는 것이다. 낮은 문턱을 넘어 네덜란드 사람들은 학창 시절부터 이런 명화들을 손쉽게 감상하면서 자란다고 생각하니 매우 부러웠다.

미술관 내부는 외관만큼이나 세련되고 아름다웠다. 가

장 먼저 만난 그림은 무채색의 어두운 색감에도 불구하고 강렬하기 그지없었던 〈감자 먹는 사람들〉이었다. 나는 그 앞에서 오래 머물렀다. 작품은 예상했던 것보다 훨씬 컸는데 관람객들이 오래 머무르지 않아 가까이에서 충분한 시간을 감상할 수 있었다. 작품을 오래 들여다보고 있자니 반 고흐가 농촌 사람들에게 가졌다던 큰 애정을 느낄 수 있었다. 아무도 웃고 있는 사람은 없었지만 감자와 한잔의 차로 저녁 식사를 하는 이 가난한 농부 가족의 모습은 결코 불행해 보이지 않았다. 반 고흐는 "나는 램프 불빛 아래에서 감자를 먹고 있는 사람들이 접시로 내밀고 있는 손, 자신을 닮은 바로 그 손으로 땅을 팠다는 점을 분명히 보여 주려고 했다. 그 손은, 손으로 하는 노동과 정직하게 노력해서 얻은 식사를 암시하고 있다."라고 편지에 썼었다. 초기 작품이라 회화적 기교면에서는 부족할 수 있을지 몰라도 편지에서 피력했듯 철학적인 면에서는 위대하기 이를 데 없는 걸작이라고 느꼈다. 그림을 보다가 감동을 받는 일이 어디 쉬운 일인가. 더구나 아직 투박한 초창기 작품에서. 이 작품은 반 고흐의 애정 어린 눈

빛과 세심하고 따뜻한 마음, 그것을 드러내기 위한 열의를 한껏 뿜어내고 있었다. 그림이 이토록 다양한 감정들을 뿜어내다니, 정말 놀라운 경험이었다.

함께 갔던 아내는 〈노란색 배경의 아이리스가 있는 꽃병〉이라는 작품에 꽂혀 그 자리를 떠날 줄 몰랐다. 무엇이 아내의 마음에 그토록 강렬한 감정을 일으켰는지 알 수 없지만 그녀는 자신도 설명하지 못하는 감동의 눈물을 흘렸다. 다른 작품을 감상한 후에도 다시 돌아와 한참을 바라보던 아내의 뒷모습을 잊을 수 없다. 우리 가슴을 뛰게 만드는 작품들이 너무 많아 한 번에 다 볼 수 없겠다 싶어 다리쉼을 하고 원기를 회복하기 위해 미술관 내 레스토랑을 찾았다. 음식은 매우 정갈하고 맛있었다. 한껏 고양된 우리의 감정은 평범한 음식도 예술적으로 느끼게 했을 것이다. 어쨌든 그날 그 식사는 네덜란드에서 맛본 최고의 식사였다. 우리는 흥분하며 자기가 본 작품에 대한 감상을 열정적으로 나누었다. 통유리창으로 비춰드는 햇살과 그 밖으로 내다보이는 초록의 잔디와 나무들, 옆 테이블 사람들이 나누는 기분 좋은 대화 소리까지 모든 것이 완벽했다. 기분 좋게 도톰한 식기의 양감과 무게만큼이나 내 마음도 기쁨으로 도톰해지는 듯했다.

반 고흐 인생의 마지막 해에 그려진 〈까마귀가 나는 밀밭〉은 3층에 전시되어 있었다. 반 고흐는 이 작품에 대해 "나는 흐린 하늘 아래 끝없이 넓은 밀밭에서 극도의 슬픔과 고독을 거침없이 표현하려고 했어."라고 썼다. 한국에 살면서 밀밭을 보기는 쉽지 않다. 우리나라 밀 자급률이 1%에도 미치지 못한다고 하니 주변에서 쉽게 볼 수 없는 것은 당연하다. 까마귀 또한 자주 보기는 힘들다. 하지만 몇 년 전부터 가을걷이가 끝난 11월부터 경주에서 까마귀 떼를 종종 목격할 수 있었다. 학자들에 따르면 까마귀는 러시아의 시베리아나 블라디보스토크에 서식하다가 겨울철에 우리나라로 건너온다고 한다. 경주 지역에서는 2016년부터 5천에서 1만 마리 가까운 까마귀 떼가 관찰되고 있다고 하는데 내가 본 것이 바로 그 까마귀 떼였다. 1만 마리의 까마귀 떼가 하늘을 날다가 전깃줄에 줄지어 내려앉거나 논바닥에 떨어진 낟알을 찾기 위해 새까맣게 논을 뒤덮고 있는 광경은 약간의 공포를 느끼게 할 만큼 신비롭다. 그때 갑자기 하늘이 먹구름으로 뒤덮이고 사위가 점점 어두워져 온다면 그 감흥은 더욱 증폭된다.

반 고흐가 작품을 그렸던 1980년 7월의 어느 날 꾸무리하고 우중충한 하늘을 까마귀가 떼를 지어 나는 장면은 아래쪽 황금빛 밀밭과 어우러져 장관을 이루었을 것이다. 나는 그가 이 장면을 경이롭게 바라보았을 것이라고 생각한다. 이유는 알 수 없지만 그는 이 경이로운 광경 속에 '극도의 슬픔과 고독'이라는 감정을 담아야겠다고 생각했을 것이다. 사람들은 그해 반 고흐가 죽었기 때문에 이 작품에서 우울과 죽음의 단초를 찾아내려는 경향이 있지만 내 눈에는 그저 오베르쉬르우아즈의 장관 중 하나를 그리려 했던 반 고흐의 예술적 의도가 보일 뿐이다. 더구나 이 그림이 그의 마지막 그림도 아니다. 여름날 오후 하늘을 올려다보니 먹구름이 몰려들고 머리끝부터 발끝까지 온통 새까만 까마귀 떼가 하늘을 나는 장면이 얼마나 장관이었겠는가. 더구나 그 아래에는 이것들과 대조를 이루는 황금빛의 밀이 바람에 이리저리 흔들리고 있지 않은가. 오직 여름날에만 경험할 수 있는 이 멋진 광경을 나 같아도 놓치고 싶지 않았을 것이다. '극도의 슬픔과 고독'을 작품에 담았다는 말로 그의 죽음을 너무 쉽게 자살로 규정해서는 안 된다. 오히려 그의 꿈틀대는 생의 열망이 느껴지지 않는가.

미술관을 나서기 전에 선물 숍에 들러 몇 장의 엽서를 구입했다. 우리 발걸음을 멈추게 하고 감동의 눈물을 쏟게 했던 그 그림들이 작은 엽서 안에 그려져 있었다. 방금 우리가 직접 본 그 살아 있던 그림들이 엽서 속에는 죽은 듯 보였다. 두껍게 덧칠되어 있던 그 거친 터치가 느껴지지 않아서 그렇기도 하지만 돈이 없어서 캔버스 하나에 온 애정을 쏟았던 그의 손때와 흔적이 느껴지지 않아서이기도 할 것이다. 평생 단 한 작품밖에 팔지 못했을 만큼 주목받지 못했던 반 고흐가 지금은 세계인들이 가장 사랑하는 작가가 되었다는 사실은 아이러니다. 포말처럼 사라져 버린 반 고흐가 남겨 놓은 그림들은 지금 살아 있는 우리에게 놀라운 감동과 영감을 선사하지만 정작 그 자신은 어디에 있는가. '죽은 이후에 각광을 받았다.'라는 말은 얼마나 허무한 말인가. 그렇다면 '살아 있는 동안에도 각광을 받았다.'라는 말은 허무하지 않은 말인가. 난 동의하지 못하겠다.

2.

헤이그 특사 프린스 이위종

헤이그 특사. 대한제국 고종 황제가 강제 퇴위되는 결

정적인 이유가 된 사건이다. 1907년 고종은 비밀리에 네덜란드 헤이그에서 열리는 제2회 만국평화회의에 이상설을 정사로 부사 이준, 통역관 이위종을 함께 파견했다. 그들은 천신만고 끝에 무사히 네덜란드에 도착했지만 일본의 방해로 만국평화회의장에 들어갈 수 없었다. 열강들은 만국의 평화를 논의하는 자리라고 해 놓고서 정작 평화를 파괴하는 일본의 손을 들어 주었다. 고종은 특사 파견을 위해 다음과 같은 위임장을 내렸다.

"대황제는 칙서를 내려 하여 가로되 우리나라의 자주독립은 이에 세계 여러 나라들이 공인하는 바라, 짐이 지난번 여러 나라로부터 조약을 맺고자 하여 서로 우방으로서 긴밀함을 갖은즉, 이제 세계 여러 나라가 평화를 위하여 한 자리에 모이기에 응당 참석함이 마땅한 것인데 1905년 11월 17일에 있어서 일본이 아국에 대하여 나라 사이의 법을 어기고 도리에 어긋난 협박으로 우리의 외교권을 빼앗아 우리의 우방과의 외교를 단절케 했다. 일본의 모욕적인 침략은 이르지 않은 곳이 없을뿐더러 그 침략적 야심은 인도에도 위배되는 것이기에 좋게 기록할 수 없다. 짐의 생각이 이에 미치니 참으로 가슴 아픔을 느끼는 바이다. 이에 여기 종이품 전 의정부 참찬 이상설, 전 평리원 검사 이준, 전 러시아 공사관 이위종을 특파하여 네덜란드 헤이그평화회의에 나가서 본국의 모든 실정을 온 세계에 알리고 우리의 외교권을 다시 찾아 우리의 여러 우방과의 외교관계를 원만하게 하도록 바라노라. 짐이 생각건대 이번 특사들의 성품이 충실하고 강직하여 이번 일을 수행하는 데 가장 적임자인 줄 안다. 광무 11년 4월 20일(1907년 4월 20일) 한양 경성 경운궁에서 친히 서명하고 옥새를 찍노라."

진정 고종은 힘이 없는 현실을 한탄하면서 평화회의에서 대한제국의 모든 실정을 온 세계에 알리면 열강들이 양심에 가책을 느끼고, 강제로 을사늑약을 맺어 외교권을 찬탈한 일본을 꾸짖고, 그 결과 일본은 을사늑약의 불법성을 인정하며 외교권을 돌려줄 것이라는 순진한 생각을 했단 말인가? 만약 고종이 정말 그런 순진한 생각을 했다면 국제 정세나 외교에 관해 아무것도 모르는 사람이라고 볼 수밖에 없을 것이다. 어찌 국제관계가 양심에 따라 이루어진다고 생각할 수 있는가!

그러나 나는 특사로 파견된 세 사람의 눈물겨운 충성과 양심을 타격하는 다음의 글을 읽으면서 깊은 감동을 받았다. 이들도 고종만큼이나 순진하다 할 수 있겠지만 달리 생각해 보면 그 당시에 할 수 있는 일이 어쩌면 이것밖에 없었다는 뜻이기도 하다. 7월 5일자 '평화회의보'에 보도된 〈축제 때의 해골〉이라는 기사가 있다. 이위종과의 인터뷰 형식으로 작성된 기사에서 기자는 자기도 모르게 힘을 숭상하는 국제사회의 민낯과 그에 동조하고 있는 자신의 입장을 드러내고 있다. 순진한 이위종은 격노하며 그들의 위선을 드러내고 질타한다. 헤이그 '이준열사기념관'에서 나는 송창주 관장님의 이런 설명을 듣고, 이위종의 역할을 맡아 이 기사문을 낭독하는 영광을 누렸다. 고종과 특사의 순진함을 한탄하던 나는 이위종의 말을 낭독하다 적잖이 놀랐다. 그 기사는 이렇게 적고 있다.

"이집트인들에게는 잔칫상에 해골 하나를 놓아두는 관습이 있었다. 그 목적은 회식을 즐기고 있는 사람들에게 죽음에 대한 허무를 일깨워 주기 위한 것이라고 한다. 영원불멸한 신의 특별한 은총으로 헤이그 회담은 이 같은 비망록을 소유하는 특권을 갖게 된다. 오늘 바로 이 자리, 즉 드 리데르잘(De Ridderzaal)의 닫혀 있는 문 앞에 앉아 있는 대한제국의 이위종은 몸소 그 옛날 이집트 해골의 현대판이 되고 있음을 스스로 절감하고 있다. 이위종은 학식이 깊고, 수 개 국어를 말하며, 철저하고도 강인한 생명력으로 충만한 인물이다. 그러나 늙은 멤피스의 흉측스러운 몰골이 회식자들의 폐부에 냉혹한 공포를 던져 주기 위해서 치밀하게 계산된 것은 결코 아니었다. 이위종은 열정적인 신념으로부터 관대한 착각으로 빠져들어 기정사실화된 것을 비웃고 있다. 그는 운명이 조약에 서명한 것을 조롱하는 의문부호이다. 특히 그는 평화의 회의 문턱에서 방황하면서 빈정대는 메피스토펠레스, 즉 부종의 영혼인 것이다.

기　자: 여기서 무엇을 하십니까? 왜 딱한 모습으로 나
　　　　타나서 이 모임의 평온을 깨뜨리십니까?

이위종: 나는 흔히 제단이 헤이그에 있다고 말하는, 법과
　　　　정의 그리고 평화의 신을 혹시라도 이곳에서 만
　　　　날 수 있으리라 기대하며 먼 나라에서 왔습니다.

기　자: '드 마르탕' 씨가 1899년 숲속의 집에서 이 제단
　　　　을 찾았습니다.

이위종: 1899년! 그때 이후로 법의 신께서는 무명의 신
　　　　이 되셨군요. 도대체 이 방 안에서 대표들은 무
　　　　엇을 하고 있는 것입니까?

기　자: 그들은 전 세계의 평화와 정의를 보장하기 위한
　　　　조약들을 체결할 것입니다.

이위종: (조소 어린 웃음과 함께) 조약들이요! 조약이
　　　　란 도대체 무엇입니까? 내가 그것에 대해 말해
　　　　보겠습니다. 나는 그것을 잘 알고 있습니다. 왜
　　　　대한제국이 이 회의에서 제외되었습니까? 조
　　　　약들이란 바로 위반되기 위해서 만들어지는 것
　　　　들에 지나지 않기 때문입니다.

기　자: 하지만 보십시오, 1905년 11월 17일 조약에 의해
　　　　…….

이위종: (말을 끊으며) 여기 이 대표들이 조약을 체결할
　　　　수 있습니까?

기　자: 각국의 참여를 비준해야 하는 그들 군주들로부
　　　　터 권한을 부여받은 경우에 그렇습니다.

이위종: 아! 그렇다면 흔히 말하는 1905년 조약이란 조
　　　　약이 아니군요. 그것은 우리 황제 폐하의 허락
　　　　을 받지 않은 채 대한제국 외무대신과 체결한
　　　　하나의 협약에 지나지 않는 것이 됩니다. 서명
　　　　된 서류는 결코 비준된 적이 없습니다. 결국 그
　　　　것은 아무것도 아니며 아무 효력도 없는 것입니
　　　　다. 대한제국 입장에서 말하자면 그 조약은 무
　　　　효인 것입니다. 그럼에도 불구하고 바로 이 불
　　　　법적이며 아무런 가치도 없는 서류로 인해 대한
　　　　제국이 이번 회의에서 제외되었단 말입니다.

기　자: 도대체 왕자께선 무엇을 말씀하시려는 것입니까?

이위종: 우리는 **헤이그에 있는 법과 정의의 신의 제단**

**에 호소하고 이 조약이 국제법상 유효한 것인
지에 대한 판별을 요청하고자 합니다.** 도대체
국제중재재판소는 어디에 있습니까? 어디에
우리가 항의해야 하며, 어디서 이 같은 침탈 행
위를 유죄 선고 받게 할 수 있단 말입니까?

기 자: 하지만 이 조약이 취소되었다고 해서 무슨 차
이가 있겠습니까? 대한제국이 스스로의 외교권
을 가질 수 있었다고 할지라도, 늘 일본의 수중
에 있게 되지 않겠습니까?

이위종: 안타깝습니다. 당신은 조약들이 일본만큼 힘이
있는 어느 강대국에 의해 합법적으로 비준되었
다 할지라도 이들 조약의 사실을 모르고 있는 것
입니까?

기 자: 알고 있습니다. 하지만…….

이위종: 하지만이라뇨? 독립 군주를 자택에 감금해 두
고서 신변을 보호한다고 했습니다. 우리를 식
민 상태로 몰아넣고서 우리의 독립을 존중한다
고 했습니다. 대한제국의 정체성은 일본이 한

국을 분할해서 점차적으로 정복하지 않고 단번
에 삼켜 버렸기 때문에 유지되었을 뿐입니다.

기　자: 하지만 우리가 여기서 무엇을 할 수 있겠습니까?

이위종: **그렇다면 이 세상에 정의란 없는 것이군요, 여
기 헤이그에조차도!** 당신들은 우리 한국인들
에게 이렇게 얘기하려는 것이로군요. 결국 가
증스럽게 당한 치욕을 회복할 길은 없고, 정당
한 조약이 불법적으로 위반된 사실에 대한 한
민족의 항의가 무시되어질 수 있으며, 또 한 나
라의 독립은 그것의 국제적인 보장 여부와 관
계없이 침탈당할 수 있는 것이라고……

기　자: 당신은 일본이 강대국임을 잊고 계십니다.

이위종: **그렇다면 당신들이 말하는 법의 신이란 유령일
뿐이며, 정의를 존중한다는 것은 겉치레에 지
나지 않고, 당신들의 기독교란 한낱 위선에 불
과합니다.** 왜 대한제국이 희생되어야 하는 것
입니까? 대한제국이 약자이기 때문입니까? 도
대체, 무엇을 위해서 정의, 권리 그리고 법에

대해 말할 수 있겠습니까? 왜 **대포가 유일한 법
이며 강대국들은 어떤 이유로도 처벌될 수 없
다고 솔직히 시인하지 않습니까?**

기　자: 하지만…… (변명했다)

이위종: 싫습니다. 정의에 관해서 나에게 말하지 마십
　　　시오. 당신은 소위 말하는 평화주의자가 아닙
　　　니까? 그렇다면 나에게서 당신 신앙에 대한 절
　　　대적 부정을 찾아보시오. 대한제국은 무장하
　　　지 않은 나라였습니다. 그리고 대한제국은 침
　　　략적 야심이라고는 전혀 없는 나라였습니다.
　　　대한제국은 평화롭게 그리고 조용히 살아갈 것
　　　만을 원했습니다. 우리는 당신들 평화론자들
　　　이 전도하는 것을 실천했습니다. 그런데 지금
　　　우리는 어떻게 되어 있습니까?

　　　(이위종은 여한 없이 계속했다)

이위종: 대한제국이 주변 강대국들에 대항해서 성공적
　　　으로 국토를 방어 해내기에 어려운 나라라고
　　　말하지 마십시오. 대한제국은 구릉 하나하나

가 천연 요새를 이루는 산악 국가이며, 이천 만 우리 민족은 우리나라를 극동의 스위스처럼 만들 수 있었습니다. 그러나 우리는 전쟁을 원하지 않았습니다. 우리를 평화를 사랑하는 국민이었습니다. 그래서 우리는 전국에 7천의 군사만을 가지고 있었습니다. 그 결과가 도대체 무엇입니까? **내가 여기 이 문 앞에 앉아 있다는 사실은 자신의 칼을 신뢰하는 대신에 법과 정의와 평화의 신에게 신뢰를 갖고 있는 모든 나라들을 기다리는 운명의 표시에 지나지 않는 것입니다.**

정의를 갈망하며 회의장의 문 앞에 앉아 있는 이위종을 홀로 남겨 두고 나는 멀어져 갔다. 분명 올라프(Olaf) 왕의 사가(Saga)의 메아리를 들은 듯했다.

"무력이 세계를 지배한다. 세계를 지배해 왔다. 세계를 지배할 것이다. 온유함은 연약한 것이다. 승리하는 것은 바로 무력이다."

이 얼마나 놀라운 논중인가. 낭독을 마치자 내 현실적 국제관계 이해가 부끄럽게 느껴졌다. 나도 기자와 다르지 않은 생각을 은연중에 하고 있었던 것이다. 1907년 6월 26일 이위종과 특사들은 만국평화회의가 열리고 있던 드 리데르잘(기사의 집) 입장이 거절되어 울분을 삼키며 입구를 서성일 수밖에 없었는데, 나는 어떤 제지도 받지 않고 유유히 정문을 통과하여 들어온 현실이 안타깝고도 슬펐다. 저런 위대한 생각을 가진 자들은 거절당하고 나같이 속물적 현실주의자들은 들어올 수 있는 더러운 세상이란 말인가. 정작 '만국평화회의'에는 '평화'가 없었다. 강대국들의 힘에 의한 지배를 '평화'라는 말로 치장하고 공허하기 짝이 없는 이야기들을 주고받으며 알맹이 없는 연설에 박수나 치고 자국의 이익을 위해 골몰할 뿐 진정한 의미의 '평화'에는 조금의 관심도 없었던 그들의 위선이 떠올라 씁쓸했다. 그런 현실은 지금도 여전하다. 오늘날 국제사회에 진정한 평화를 위한 논의가 어디 있단 말인가? 이위종이 느낀 비참과 분노를 나도 느낀다.

우리는 상원의원들의 회의장과 하원의원들의 회의장에도 들어가 참관하는 시간을 가졌다. 기독연합당(CU) 하원의원 룰 카이퍼(Roel Kuiper) 의원의 사무실에도 들어가 볼 수 있는 소중한 기회도 얻었다. 그는 우리를 네덜란드 국회로 초청해 준 분으로 대학 총장이자 3선 의원이기도 했다. 우리는 짐을 맡기고 2번의 보안 검색을 받고 안으로 들어갔다. 소회의실에서 현재 네덜란드 교육의 상황과 이슈 등에 대한 설명을 들었고 정치와 교육의 관계에 대해서도 이야기를 나누었다. 인상적이었던 점은 권위의식이 전혀 느껴지지 않는 그들의 겸손하고 정중한 태도, 정치와 교육에 관한 깊은 이해와 확고한 철학이었다.

헤이그에서의 모든 일정을 마무리하고 나오니 눈보라가 몰아쳤다. 마침 눈보라를 맞으며 아무렇지 않게 조깅하는 엄마와 아들을 보았다. 눈보라에도 아랑곳하지 않고 전진하는 저들의 모습에서 척박한 자연환경을 극복한 네덜란드인들의 저력을 볼 수 있었다. 동시에 우리 민족의 저력은 네덜란드인 못지않다는 생각도 들었다. 꺼져

가는 대한제국의 생명을 살리기 위해 목숨을 걸고 헤이그 만국평화회의에 참석하려고 했던 세 분 열사들의 헌신과 애국정신을 보라. 무력이 세계를 지배한다고 믿지 않고 여전히 법과 정의와 평화의 신에 대한 믿음으로 일본의 죄악을 꾸짖고 대한제국이 당당한 독립국임을 밝힌 이위종의 숭고한 정신과 명징한 말이 가슴 깊이 새겨졌다. 나는 그가 자랑스러웠고 또한 부러웠다. 현실을 초극하는 그의 믿음이 한없이 부러웠다.

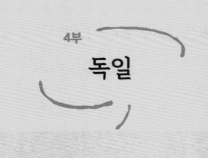

4부

독일

1.

토비아스의 방과 루터의 방

　우리는 암스테르담에서의 모든 일정을 마무리하고 독일 쾰른으로 이동했다. EU 회원국끼리는 자유롭게 국경을 넘을 수 있다는 걸 알고 있었지만 실제로 우리가 탄 버

스가 국경을 지나 독일로 들어서자 모두들 신기해했다. 네덜란드에 비해 독일의 자연환경은 훨씬 광활했다. 네덜란드도 산이 없어 시야가 뻥 뚫려 있었지만 독일은 네덜란드에서 볼 수 없었던 구릉이 넓게 펼쳐져 있었다. 고속도로 주변으로 보이는 마을들이 거대한 구릉과 그 구릉 아래에 조성되어 있었다. 네안더 계곡에서 발견된 인골이라는 뜻의 'Neanderthal'이라는 용어에서 알 수 있듯이 독일어로 'thal'은 계곡을 뜻하는데 과연 독일은 계곡과 구릉의 나라였다. 또한 독일의 도로는 네덜란드보다 폭이 넓었고 곡선구간도 완만하여 고속주행에 적합했다. 드디어 우리는 그동안 말로만 들었던 속도 무제한 도로 '아우토반'에 들어섰다. 1차선부터 순서대로 고속 주행하는 차량들이 각자의 형편에 따라 속도를 높였다 줄였다 하며 차선을 바꾸고 조화롭게 달리고 있었다. 차선 오른쪽 저속차로 쪽으로의 추월이 철저히 금지되어 있었는데 이 'Keep Right' 원칙이 속도를 무제한으로 하는 아우토반의 안전을 담보한다고 했다. 시속 200㎞는 족히 되어 보이는 차량들이 거침없이 1차선을 쌩쌩 달리는 모습은 묘한 긴

장감과 함께 원칙의 중요성을 느끼게 했다. 모두가 합의한 원칙이 잘 지켜질 때 그로 인해 얼마나 큰 효율이 발생할 수 있는지 아우토반은 보여 주고 있었다. 두 번의 세계 대전으로 피폐해졌던 독일이 다시 일어선 바탕에도 이런 원칙과 효율의 비하인드 스토리가 숨어 있을 것이다.

한참을 달리니 쾰른을 가로지르는 라인강과 저 멀리 높이 솟은 쾰른돔이 모습을 드러냈다. 우리가 도착하던 날은 비가 오락가락하는 흐린 날이어서 그런지 독일의 첫 느낌은 작고 아기자기하며 밝고 산뜻한 느낌의 네덜란드에 비해 뭔가 거대하면서도 육중하고 진지한 느낌이었다. 그것은 비단 날씨 탓만이 아니라 독일 건물들의 단조로운 색감과 독일 사람들의 근엄한 얼굴 표정에서도 느껴졌다. 독일에는 제2의 뉴욕이라는 찬사를 받으며 세계적인 아티스트들이 몰려들고 있는 베를린 같은 힙한 예술의 도시도 있지만 전체적인 독일의 이미지는 패션에 관심 없는 건장한 40대 중반의 손재주 좋은 아저씨 같은 느낌이다. 이 아저씨들은 말수가 적고 표정 변화도 별로 없지만 속이 깊고 순박하며 따뜻한 마음씨를 가졌다. 이런 아저씨들이 만든 제품은 예쁘고 아기자기한 맛은 없지만 성능이 탁월하고 튼튼해서 오래 사용할 수 있다. 디자인보다는 실용성에 무게를 둔 독일 제품의 이미지는 독일의 자연환경뿐 아니라 그 사회를 구성하는 사람들의 성격과 정서의 반영이구나 싶었다. 이것은 벤스하임(Bensheim)의 쿠트(Kurt) 형님의 이미지와 완벽하게 일치한다. 나는 그의 집에서 일주일씩 세 번 묵었었는데 그는 3층짜리 낡은 주택을 구입해 스스로 고쳐 가며 살아가는 능력자인데 갈 때마다 집이 점점 더 좋아져 있었다. 집 수리뿐 아니라 정원을 가꾸고 자동차까지 직접 수리하는 그의 모습 속에서 독일이라는 나라가 가진 저력을 충분히 확인할 수 있었다.

벤스하임은 독일 사람들도 잘 알지 못하는 낯선 도시다. 프랑크푸르트와 하이델베르크 중간쯤에 위치해 있는 인구 5만이 채 되지 않는 작은 도시로 도심지는 중세 시대의 시가지 모습을 그대로 유지하고 있었다. 길에는 오

래된 박석이 그대로 박혀 있었고 상가들은 독일 전통 목
골 가옥 파크베어크하우스(Fachwerkhaus)를 리모델링
해서 사용하고 있었다. 이 집들의 골조를 이루는 나무의
배열은 건축적 안정성을 고려할 뿐 아니라 건물주의 취향
에 따라 다양한 문양을 가지고 있었다. 겨울비가 보슬보
슬 내리던 어느 날 밤 쿠트 형님은 네 명의 아이들과 반려
견 제시카를 데리고 동네를 산책하자며 내 방으로 왔다.
골목을 따라 아랫동네로 내려갔다가 뒷산을 한 바퀴 돌아
오는 제법 긴 산책 코스였는데 그 아랫동네에도 목골 가
옥들이 여러 채 남아 있었다. 특히 방앗간 창고로 쓰이던
오래된 건물은 벽면의 일부가 무너져 있었는데 목골 가
옥의 벽체 속이 어떻게 생겼는지 볼 수 있었다. 우리나라
초가집 벽체에서 볼 수 있는 것처럼 짚과 얇은 나뭇가지
들에 흙을 섞어 발라 놓았다. 거기다 코에 끼쳐 오는 가축
분뇨 냄새까지 우리 시골과 별반 다르지 않았다. 너무 크
고 높아 카메라에 다 담기지도 않던 거대한 쾰른돔의 위
용 앞에서 느낀 이질감이 해소되고 독일 사람들이 친숙
하게 느껴지는 최초의 순간이었다. 쿠트 형님네 집에 머

물면서 평범한 독일 서민들의 삶을 가까이에서 보게 되니 점점 더 독일이 좋아지기 시작했다.

쿠트의 가족은 아내 안트제(Antje), 첫째 딸 바네사(Banesa), 둘째 아들 토비아스(Tobias), 셋째 딸 안드레아(Andrea), 넷째 아들 르네(Rene)였는데 나는 매번 토비아스의 방에 묵었다. 2019년에 처음 만났을 때 아이들 모두 초등학생들이었는데 올 초에 만났을 때는 막내 르네만 초등학생이고 다들 중고등학교로 진학했을 뿐 아니라 키도 얼마나 컸는지 놀라웠다. 바네사는 김나지움에 진학해서 대학에 가는 공부를 하는 중이었고, 토비아스와 안드레아는 레알슐레에 진학한 상태였다. 토비아스의 방은 3층에 있었는데 지붕 아래 운치 있는 방이었다. 창밖으로는 한겨울인데도 초록이 여전한 눈 덮인 숲이 내다보이고 비스듬한 천장에 나 있는 창문으로는 독일의 짙푸른 겨울 하늘과 반짝이는 별들이 보였다. 꽤 큰 방인데 난방을 위한 장치는 작은 라디에이터가 전부라 도저히 추워서 잠들지 못하고 뒤척였던 첫날밤이 떠오른다. 이불도 얼마나 얇은지 그날 밤 나는 내복에 털모자와 목 토시까지 두르고서도 쉽게 잠들지 못했다. 그래도 신기한 것은 하루하루 지나다 보니 선득한 실내 온도에 적응이 되고 어느새 토비아스의 방이 아늑하게 느껴졌다. 특히 일정이 많아 피곤한 날은 한시라도 빨리 토비아스의 방으로 돌아오고 싶었다.

독일에서의 일정도 네덜란드와 다르지 않았다. 오전에는 학교를 방문하고 오후에는 역사 유적이나 관광지를 방문하는 식이었다. 어쩌다 보니 독일은 지금까지 내가 가장 많이 방문한 나라가 되었는데 그러다 보니 여기저기 추억할 만한 장소나 사건이 많다. 그중에서 나에게 가장 큰 감동을 준 장소는 튀링겐주 아이제나흐 바르트부르크(Wartburg)에 있는 루터(Martin Luther)의 방이었다. 1521년 루터는 보름스(Worms) 제국의회에 소환되어 심문을 받고 파문된 후 쫓기는 신세가 되었는데 당시 작센의 영주이자 선제후였던 프리드리히에 의해 이곳 바르트성으로 납치되어 피신했다. 루터는 신분을 숨기기 위해 머리를 깎고 이름도 '에르그 융커'로 바꾼 채 이 깊숙한 방에 숨어 헬라어로 된 신약성서를 독일어로 번역했는데 이것은 독일뿐 아니라 세계 기독교 역사에 한 획을 긋는 엄청난 사건이었다. 루터가 성경을 번역하기 전까지 헬라어와 라틴어를 모르는 평범한 독일 사람들은 직접 성경을 읽을 수 없었다. 그래서 성직자들의 해석에 의존할 수밖에 없었고 면벌부 판매와 같은 어처구니없는 일들이 벌어져도 그것이 왜 문제인지 성경적 근거를 가지고 판단할 수 없었다. 그러므로 루터가 독일어로 성경을 번역한 일은 평범한 독일인들이 스스로 성경을 읽을 수 있게 만들어 기독교 신앙의 최고 권위는 교황에게 있는 것이 아니라 성경 자체에 있다는 사실을 천명하는 매우 불온한 행위였다. 그 불온한 일을 위해 루터가 번역 작업을 했던 책상과 의자를 직접 보고 나뭇결을 더듬어 보고 나니 가슴이 뭉클했다. 직접 성경을 읽지 못해 타락한 성직자들의 농간에 놀아나던 독일 사람들에게 빛을 가져다준 그 위대하고 불온한 작업이 이렇게 작고 구석진 방에서 이루어졌다고 생각하니 다시 한번 변방의 창조성과 변혁성을 실감할 수 있었다. 내가 그날 루터의 방 앞에 서 있을 수 있던 것도 500년 전 루터의 불온한 생각이 없었다면 일어나지 않았을 일이다. 그날 나는 괴테와 바그너가 바르트성을 방문하고 느꼈다던 감동에 전혀 뒤지지 않는 충만한 감동을 느꼈다. 역사의 물꼬를 바꾼 위대한 변방은 온통 불온성으로 가득했다. 그리고 나는 그 불온성에 마음을 빼앗겼다.

바르트성이 있는 이곳 아이제나흐는 바흐(Johann Sebastian Bach)의 고향이기도 하다. "큰 재앙이 일어나 서양음악이 일시에 사라지더라도 바흐의 《평균율 클라비어곡집》만 있으면 선율을 재창조할 수 있다."라는 찬사를 받으며 클래식 음악계에서 절대적인 위치를 차지하고 있는 바흐가 이곳 아이제나흐에서 태어났다는 사실은 흥미롭다. 클래식 음악의 아버지가 태어나 자란 도시이자 종교개혁자 루터가 성경을 번역하고 10대 중반 학교를 다녔던 도시 아이제나흐. 바르트성에서 루터의 방을 보고 나와 내려다본 아이제나흐의 모습은 평화로웠다. 하지만 중세 사회 전체를 뒤흔들어 근대로 이행하도록 물꼬를 트는 불온의 끝판왕 루터와 브란덴부르크 협주곡과 마태수난곡을 비롯해 수많은 명곡을 세상에 선물할 바흐가 살았었다고 생각하니 평화로움 속에 숨어 있는 열정이 느껴졌다. 그날 이후 나는 자주 루터의 방에서 느낀 불온성을 곱씹었고 시대의 불의와 대결하며 저항을 멈추지 않았던 루터를 본받고자 했다. 바흐의 곡을 들으면서 "중세의 문학과 음악을 연구하다 보면, 어느 길로 가더라도 우리는 바흐와 만난다. 12세기에서 18세기 사이에 만들어진 교회음악 가운데 가장 아름다운 곡들은 바흐의 칸타타와 수난곡 안에 자리 잡고 있다."라고 말한 슈바이처(Albert Schweitzer)의 말을 실감했다. 바흐의 곡은 들으면 들을수록 신에 대한 깊은 경외심을 갖게 만든다.

토비아스의 방에서부터 루터의 방까지 독일 사람들이 나에게 준 감동과 영감은 말로 다 설명하기 어렵다. 독일의 히틀러는 2차 세계대전을 일으켜 유럽을 생지옥으로 만들었지만 루터, 구텐베르크, 바흐, 베토벤, 브람스, 괴테, 헤세, 칸트를 비롯해 많은 사람들은 이 세상을 아름답게 하는데 일조했다. 그렇기에 나에게 독일은 여전히 흥미로운 영감의 원천이다. 다음번 독일 여행에서는 과연 누구의 방 앞에 서 있게 될까?

2.

슈톨퍼슈타인과 홍익인간

    독일은 가장 성공적인 공교육의 나라 중 하나다. 두 번의 세계대전을 일으켜 유럽 전역을 초토화시킨 대가로 엄청난 전쟁배상금을 물었고 지금도 물고 있는 독일이 오늘날 미국, 중국, 일본에 이어 세계 4위의 경제력을 가진 나라로 다시 올라선 배경에는 냉전을 이유로 소련을 견제하기 위한 미국의 전폭적인 재건 지원이 있었다는 점뿐 아니라 독일 공교육의 역할이 지대했다고 볼 수 있다. 독일 헌법에 해당하는 독일연방공화국 기본법 제1조는 2차 세계대전에서의 악몽이 다시는 재현되지 못하도록 하기 위해 다음과 같이 인간 존엄의 중요성을 명시하고 있다. '인간의 존엄은 침해되지 아니한다. 모든 국가권력은 이를 존중하고 보호할 의무를 진다.' 이런 헌법의 정신에 기초

하여 독일의 모든 교육 관련 법률은 학교 교육이 인간의 존엄과 자유를 강화하는 데 이바지하도록 규정하고 있다. 오늘날 자유롭고 평화로운 독일 사회가 유지될 수 있는 바탕에는 이런 흔들리지 않는 사회적 합의가 자리하고 있다.

독일 거리를 걷다 보면 종종 길바닥에 박혀 있는 동

판을 발견하게 된다. 이것이 그 유명한 슈톨퍼슈타인 (Stolperstein), 걸림돌이라는 의미의 추모석이다. 작가 군터 뎀니히(Gunter Demnig)는 '사람들이 추모석을 밟고 다닐수록 희생자들에 대한 기억이 더욱 활발히 되살아날 수 있다.'라고 생각해 이런 프로젝트를 기획했다고 말했다. 1995년 쾰른에 첫 번째 슈톨퍼슈타인이 설치된 후 현재까지 유럽 28개국 2,000개 이상의 지역에 10만 개 이상의 추모석이 설치되었다고 한다. 또한 비바람을 비롯해 다양한 이유로 녹슬고 부식되는 것을 방지하기 위해 매년 11월 9일에 시민들의 자발적인 청소와 관리가 이루어진다고 하는데 이날은 1938년 '크리스탈나흐트(Kristallnacht)', 수정의 밤이라고 불리는 사건을 기념하기 위해서라고 한다.

과거사를 대하는 독일의 태도를 볼 때마다 부럽기 그지없다. 태평양전쟁을 일으켰던 일본과 달리 독일이 이토록 전향적일 수 있는 이유는 무엇인가. 양심 있는 독일인들은 히틀러가 자행한 반인륜적 전쟁범죄의 잔학성과 그 광범위함이 보통의 평범한 인간의 본성을 얼마나 파괴할 수 있는지 뼈아프게 목격하고 체험했다. 또한 정의로운 신의 존재를 믿는 기독교 전통이 여전히 건재하던 독일이었는데도 불구하고 독일 주류 교단과 교회의 지도자들이 앞장서서 나치당과 히틀러의 반인종적 폭력에 동조한 경악스러운 사실도 보았다. 더구나 이토록 참혹한 대량 학살의 현실에 정의로운 신이 전혀 개입하지 않는다고 느끼며 탄식하고 절망했다. 이 모든 것들이 독일인들을 유례없는 성찰의 자리로 이끌었다. 그래서 독일은 2차 세계대전 종전 후 만들어진 독일연방공화국 기본법 제1조를 다른 많은 국가들처럼 국가의 정치·경제적 체제에 관해 규정하는 것으로 하지 않고 인간의 존엄과 국가권력의 의무를 담은 문장으로 기술할 수 있었다.

이와 달리 일본의 헌법 제1조는 '천황은 일본국의 상징이며 일본 국민 통합의 상징으로서, 그 지위는 주권의 보유자인 일본 국민의 총의에 기초한다.'라는 초라하기 그지없는 문구로 기술되어 있다. 태평양 전쟁에서 패배한 후 어떻게든 천황제를 유지하고 싶어서 미국에 애걸복걸

했다는 사실에서 알 수 있듯이 일본은 동아시아와 동남아시아 일대를 식민 지배하며 자행한 온갖 범죄에 대해 단 한 번도 진지한 성찰과 반성을 보이지 않았다. 일본이 저지른 만행은 결코 나치 독일에 뒤지지 않음에도 일본은 그에 대한 참회를 헌법 그 어디에도 담지 않았다. 이것이 성찰 없는 일본의 한심한 민낯이다. 그런 면에서 앞으로도 일본은 결코 국제사회의 존경을 얻을 수 없는 국가가 되고 말았다. 일본이 지금은 높은 경제력과 군사력으로 국제사회에서 영향력을 행사하고 있지만 일본의 이런 오만방자한 태도를 아는 세상 어느 나라 국민도 일본을 존경할 만한 훌륭한 국가라고 생각하지는 않을 것이다. 전범국가의 수상으로서 독일의 메르켈과 일본의 아베가 보여 준 극명한 수준의 차이가 두 나라의 수준을 그대로 드러내 준다. 도무지 성찰과 참회를 모르는 일본은 영원히 국제사회에서 존경받지 못할 것이다.

　우리에게 잘 알려져 있는 슈톨퍼슈타인 이외에도 독일에는 나치 시대의 치부를 기억하기 위한 수많은 기념조형물들이 존재한다. 백종옥은 《베를린, 기억의 예술관》이라는 책에서 이와 관련된 정보를 잘 정리해 주고 있다. 1933년 5월 10일 베를린 베벨 광장에서 괴벨스 주도로 자행된 2만 권의 분서(焚書) 사건을 기억하기 위해 조성된 미하 울만의 〈도서관〉, 브란덴부르크 문 근처 운터덴린덴 거리에 있는 2,711개의 콘크리트 석관으로 구성된 피터 아이젠만의 〈학살된 유럽 유대인을 위한 추모비〉, 자르브뤼켄 등 4명의 예술가들이 1941년 10월 18일 1,251명의 유대인들을 기차에 태워 리츠만슈타트 수용소로 보냈던 학살의 출발점을 기억하기 위해 186개의 주물 강철판으로 만든 그루네발트역의 〈17번 선로〉, 아돌프 아이히만과 유대인 담당 부서의 존재를 기억하기 위해 쿠르퓌르스텐 거리 115~116번지에 세워진 로니 골츠의 〈아이히만과 유대인 담당부서〉 등. 독일은 자신들이 저지른 전쟁 범죄와 반인륜적 만행의 역사를 후대 사람들에게 기억시키고 다시는 그런 비극이 재현되지 않도록 하기 위해 기념 조형물이라는 예술적 형식을 통해 오늘을 살아가는 후손들에게 경고하고 교육하고 있다.

　그렇다면 우리는 어떤가? 성찰과 참회가 없는 일본을 비판했지만 우리의 현실도 크게 나아 보이지 않는다. 베트남전쟁에 파병된 한국 부대가 저지른 민간인 학살의 문제에 대한 한국 정부의 미온적 유감 표명은 차치하고서라도 한국 사회 내에서 벌어진 믿을 수 없는 참사를 대하는 정부의 태도는 경악스럽기 그지없다. 독일 사회가 기념 조형물을 통해 끊임없이 기억하고자 하는 이유는 독일이 다시는 이와 같은 범죄와 만행을 저지르지 않겠다는 다짐일 텐데 우리는 현대사에 있었던 굵직한 사건뿐 아니라 최근의 참사들까지 어느 것 하나 제대로 된 기억을 환기시키는 기념 조형물이 존재하지 않는다. 굳이 찾자면 한라산 중산간의 제주 4.3 기념 공원 정도일까. 이 또한 예술적 형식의 기념 조형물이라기보다는 장소와 정보의 보존 정도에 그치는 경향이 뚜렷하다. 반면 2001년 9월 11일 테러로 희생된 3,000여명의 희생자들을 추모하기 위해 뉴욕 세계무역센터 자리에 조성된 〈9/11 Memorial〉 같은 기념 조형물이 우리에게는 없다. 언제쯤 우리도 세월호 참사, 이태원 참사 같은 일이 다시는 일어나지 않도록 하기 위해 기억을 위한 기념 조형물을 만들 수 있을까? 물론 2차 세계대전과 테러는 모두 다른 나라와의 관계에서 벌어진 일이라는 점, 악한 의도를 가지고 저지른 범죄라는 점에서 우리 국내에서 벌어진 우발적인 참사와는 다른 측면이 있다. 하지만 세월호 참사와 이태원 참사 과정에서 벌어진 비의도적이지만 묵과할 수 없는 책임의 방기와 전가, 생명 경시의 태도는 독일과 미국에서 자행되고 벌어진 사건들과 분명 공통분모를 가진다 할 수 있을 것이다.

독일 남부 도시 프라이부르크의 기차역 선로 위를 가로지르는 다리의 남쪽 난간에 무심하게 걸려 있는 '청동 재킷'은 갑자기 들이닥친 게슈타포에 의해 겉옷도 챙기지 못한 채 끌려갔어야 했던 수많은 유태인들의 안타까운 죽음을 상기시킨다. 나는 프라이부르크에 머무는 열흘 동안 매일 그 다리를 오가며 청동 재킷을 보았다. 평화가 깨어지고 악한 자가 국가의 권력을 장악하면 이렇게 평범하고 평온한 나의 일상이 순식간에 파괴될 수 있다는 무서운 사실을 환기시키는 이런 기념 조형물들은 우리를 깨어 있게 만든다. 생각 없이 걷다가 발에 밟히는 슈톨퍼슈타인을 볼 때마다 다시는 그런 비극이 재발되지 않도록 평범한 우리가 무엇을 해야 하는지 생각하게 된다. 언제쯤 이태원 참사 현장에 우리의 슈톨퍼슈타인을 박아 넣을 것인가. 2022년 10월 29일 토요일, 서울시 용산구 이태원세계음식거리 해밀톤 호텔 서편 좁은 골목 등에서 선 채로 압사당했거나 겨우 살아남았지만 정신적 고통을 이기지 못하고 스스로 목숨을 버린 159명을 추모하고 다시는 이런 일이 재발되지 않도록 기억의 걸림돌을 놓는 일을 애써 외면하는 우리는 도대체 어떤 사람들인가.

　우리나라 공교육이 추구하는 인간상은 '홍익인간의 이념'을 바탕으로 하는 민주시민이다. 널리 인간을 이롭게 한다는 아름다운 정신을 고양하고 고취하겠다는 공교육의 목적은 그저 빛 좋은 개살구에 불과한가? 입시를 위한 경쟁 그 이상도 이하도 아닌 공교육이 계속된다면 우리의 미래는 암담하다. 공교육이 공감하고 협력하며 더불어 살아가는 민주시민의 양성을 포기한 결과는 공감 능력이 거세된 경쟁적 이기주의자들이 득세하는 비정한 정글 사회가 될 것이다. 그리고 그런 정글 사회에서는 세월호 참사와 이태원 참사 같은 일들이 무한 반복될 것이다. 철학자 김상봉이 《철학의 헌정》에서 말했듯 기억과 기념은 다른 의미를 가진다. 세월호와 이태원 현장에 있지 않았던 사람들은 엄밀한 의미에서 '기억'을 가지지 못한다. 그러나 기념하는 행위를 통해서 기억에 동참할 수 있게 된다. 그러므로 기념 조형물을 만들고 교육하는 모든 행위는 기념을 통해 기억에 동참하는 일인 것이다. 참사에 대한 공통의 기억을 가진 이들이 우리 사회에 늘어날 때에야 비로소 우리는 정글 사회를 극복하고 인간다운 삶이 가능한 사회를 만들어 갈 수 있을 것이다. 또한 널리 인간을 이룹게 하려는 고상한 홍익인간의 정신으로 고양된 민주시민들이 사회의 각 분야에서 제 역할을 하며 자유롭고 정의로운 대한민국을 만들어 갈 수 있을 것이다.

5부

스위스

1.

칼트브룬의 장관들

　〈텐트 밖은 유럽〉에 출연했던 배우 유해진은 평소 촬영
이 없을 때면 자주 스위스를 찾아 조깅과 수영, 트래킹을
즐긴다고 했다. 나는 처음으로 그가 부러웠다. 세계 최고
의 물가를 자랑하는 스위스를 자주 찾을 수 있다니. 그래
도 나는 행운아다. 짧은 일정이긴 했지만 지금까지 스위
스를 두 번이나 방문할 수 있었기 때문이다. 나의 첫 스위
스 방문은 코로나19가 여전하던 2022년 8월 초였다. 아들
과 함께 독일 프라이부르크에 머물던 중 당일 일정으로
스위스 바젤(Basel)에 다녀갔다. 바젤의 첫인상은 깨끗함
이었다. 네덜란드에서 느낀 깨끗함보다 더 완벽한 깨끗
함을 바젤역에서부터 느꼈다. 바젤역 앞에서 본 초록색
트램도 너무 정갈하게 느껴졌고, 길 건너 공원 어디에도

쓰레기가 보이지 않았다.

　바젤하면 떠오르는 인물은 2022년 9월에 은퇴한 테니스 황제 로저 페더러다. 그는 내가 가장 많이 본 스위스 사람이다. 그의 서브와 스트로크, 발리와 스매싱 자세는 가장 완벽하다는 평가를 받았다. 메이저대회 20승의 대기록을 세우고 은퇴한 그는 테니스 역사상 가장 뛰어난 선수라는 찬사를 받고 있다. 물론 그의 뒤를 이어 라파엘 나달과 노박 조코비치가 그의 기록을 뛰어넘어 새로운 역사를 써 나가고 있지만 '테니스 황제'라는 별칭은 영원히 그의 것이다. 르브론 제임스와 스테판 커리도 너무너무 잘하지만 영원한 농구 황제는 마이클 조던일 수밖에 없는 것처럼. 라인강을 오른편에 두고 강을 거슬러 산책을 하다가 길 왼편에 줄지어 서 있는 멋진 주택들 사이로 롤랑가로스의 붉은 클레이코트를 발견하고는 동네 길로 들어섰다. 한국에서는 한 번도 본 적이 없는 앙투카 클레이코트가 동네에 떡하니 있는 걸 보니 이 동네가 궁금해졌다. 프랑스 오픈에서 사용되는 이 붉은색 클레이코트에 뿌려져 있는 가루는 흙이 아니라 프랑스 북부 랑스 근교에서 만들어진 벽돌 가루다. 클레이코트 한 면을 만들기 위해서는 약 2톤의 벽돌이 필요하다고 한다. 그 아래에는 약 80㎝ 깊이로 4가지 물질을 차곡차곡 쌓는데 돌, 자갈, 석탄을 태우고 남은 잔유물인 클링커, 흰 석회석 조각이 그것이다. 그 위에다 2㎜ 정도 벽돌 가루를 뿌려 놓은 것이 롤랑가로스 클레이코트다. 롤랑가로스 클레이코트 한 면을 만들기 위해 얼마나 많은 재료와 노력이 들어가는지 생각하면 이런 코트를 가진 동네의 경제적 수준을 쉽게 가늠할 수 있다.

바젤은 1514년 에라스무스(Desiderius Erasmus)가 《헬라어 신약성경》을 최초로 출판한 곳이며 1536년 장 칼뱅(Jean Calvin)이 《기독교 강요》의 초판을 출판한 곳이기도 하다. 당시 바젤은 구텐베르크(Johannes Gutenberg)의 금속활자 인쇄기의 발명으로 촉발된 출판산업이 가장 활발하게 꽃피우던 곳이었다. 지식의 폭발적인 유통을 가능하게 만들었던 구텐베르크의 금속활자 인쇄술은 종교개혁의 가장 중요한 원동력이 되었고 유럽을 중세에서 근대로 넘어오게 만드는 핵심적인 역할을 했다. 이런 위대한 출판의 역사를 가진 도시 바젤은 오늘날 세계 최대의 아트페어로 불리는 'Art Basel'의 도시로도 유명하다. 보통 6월 중순에 개최되는데 세계 최고의 갤러리들이 부스를 설치하고 작품을 전시하며 도전적이고 실험적인 작품들도 많이 선보인다고 한다. 이 시기에는 전 세계에서 몰려든 예술가들과 예술 애호가들로 바젤시 전체가 축제의 장이 된다고 하니 다음에는 꼭 그 시기에 방문해 보고 싶다.

아들과 하루 일정으로 돌아본 바젤 여행에서 가장 인상적인 장면은 라인강에서 둥둥 떠내려가며 수영하고 있는 무수한 사람들의 모습이었다. 유명한 바젤 시청사를 구경하고 라인강을 가로지르는 미들 브릿지(Middle Bridge)를 건넜다. 고풍스러운 다리 위에서 바젤 구시가지 쪽으로 사진을 찍으니 정말 멋진 장면이 연출되었다. 강을 건너와 강변으로 내려갔더니 한 커플이 방금 수영을 하고

나와서 몸을 말리고 있었고 그 옆으로 두 남자가 어설픈 다이빙을 반복하고 있었다. 그 광경을 구경하려고 잠시 멈춰 섰는데 갑자기 다리 밑으로 선글라스를 낀 할아버지가 노란색 구명 가방을 안고 둥둥 떠내려오며 손을 흔드는 것이 아닌가. 곧이어 무수한 남녀노소가 즐거운 표정을 지으며 둥실둥실 떠내려왔다. 아들이 "아빠, 우리도 들어가자."라고 하는데 아차, 늘 들고 다니던 수영복과 수경을 독일 숙소에 두고 온 것이었다. 우리는 한참 동안 수영복과 수경을 새로 살지 말지를 고민할 정도로 아쉬워했다. 부러운 마음으로 그들에게 손을 흔들어 주면서 다음에 꼭 다시 와서 라인강에 몸을 담그리라 아들과 함께 다짐했다.

우리는 세계 최고의 물가를 자랑하는 스위스에서 점심을 먹기 위해 다시 시청사 앞 광장으로 갔다. 광장에는 다양한 음식들을 팔고 있었는데 독일 물가의 2배가 넘었다. 아들은 매일 1.5유로의 블랙베리를 사 먹는 즐거움을 누리고 있었는데 놀랍게도 스위스 블랙베리는 3.5유로였다. 같은 크기의 용기에 담겨 있는 같은 양의 블랙베리 가격이 국경을 넘는 순간 2배 이상으로 뛴다는 사실에 놀라워하며 아들은 "오늘은 참겠다."라면서 돌아섰다. 점점 철이 들어가는 모습에 기특함을 느끼면서 광장 맞은편 멋진 테라스가 있는 레스토랑으로 갔다. 우리는 메뉴판을 보면서 다시 한번 놀랐지만 즐거운 마음으로 각자 먹고 싶은 음식들을 골랐다. 물론 계산할 때는 속이 좀 쓰렸지만. 그때 식사하면서 찍은 아들의 멋진 사진이 지금도 집에 걸려 있는데 볼 때마다 기분이 좋고 다음엔 꼭 수영복을 챙겨서 가기로 다짐한다.

나의 두 번째 스위스 방문은 2023년 1월에 이루어졌다. 일주일 동안 우리를 먹여 주고 재워 준 벤스하임의 독일 호스트들을 중식당으로 초대해 점심을 함께 한 후 눈물의 작별 인사를 나누고 400㎞를 달려 어둠이 내린 스위스 칼트브룬(Kaltbrunn)에 도착했다. 스위스의 겨울밤 공기는 독일보다 훨씬 더 차가웠는데 위도상으로는 아래에 있지만 고도가 높아서 그런 것 같았다. 다른 일행들은 스위스에서 새로운 호스트들 집에 묵었고 나는 다음 날 방문할 학교 CS Linth가 소유한 게스트하우스에 짐을 풀었다. 2층짜리 연립 맨션의 1층에 있는 방이었는데 시설이 너무 좋아서 놀랐다. 두 개의 침대가 놓여 있는 침실과 넓은 거실, 깔끔한 주방과 깨끗한 화장실이 구비되어 있는 완벽한 게스트하우스였다. 더구나 웰컴 음료와 간식, 과일을 준비해 놓은 식탁을 보고 우리는 탄성을 질렀다. 우리를 맞이하기 위해 세심한 배려와 친절을 베풀어 준 스위스 호스트들에게 깊이 감사했다.

스위스에서의 일정도 독일과 마찬가지로 주로 오전에 학교를 방문하고 오후에는 관광과 문화 체험으로 이루어졌다. 어찌 스위스에 와서 학교 탐방만 하고 돌아갈 수 있겠는가. 스위스에서만 만날 수 있는 압도적 대자연을 기대하며 날이 밝기를 기다렸다. 이튿날 아침 식사 초대를 받아 찾아간 Mrs. 만 하르트의 거실에 들어서자마자 나도 모르게 탄성을 지르고 말았다. 작은 아파트의 거실 통창 밖으로 내다보이는 광경이 정말 장관이었다. 어떻게 이

런 광경을 매일, 그것도 자기 거실에 앉아서 볼 수 있단 말인가. 우리는 깜짝 놀라 호스트 가족들과 인사 나누기 무섭게 베란다로 나가 연신 사진을 찍어 댔다. 지금도 그때 찍은 사진 속에는 흥분한 내 표정이 고스란히 담겨 있다. 과연 스위스는 비교 불가의 자연경관을 가진 나라였다. 이 가족들도 경치 때문에 25년째 이사를 가지 못하고 있다며 어깨를 으쓱했다. 우리는 스위스의 신선한 우유와 치즈를 곁들인 훌륭한 아침 식사를 대접받았고 신나게 하루를 시작했다.

첫 번째로 방문한 곳은 CS Linth라는 학교였는데 1907년에 건축된 고풍스러운 건물을 구입하여 1995년에 개

교한 작은 사립학교였다. 제시카 교장선생님의 환영 인사를 시작으로 학교 시설을 둘러본 후 여러 학년의 수업을 자유롭게 참관하는 시간을 가졌다. 교실 창밖으로 내다보이는 풍경은 과연 이런 풍광 속에서 학생들이 공부에 집중할 수 있을까 걱정될 정도로 수려했다. 더구나 어느 교실 칠판 위에는 "최고의 교육은 좋은 자연 속에서 온다."라는 아인슈타인(Albert Einstein)의 격언이 걸려 있었다. 스위스연방 공과대학을 졸업하고 취리히대학에서 박사학위를 받았던 아인슈타인이 독일 태생의 스위스 사람이라는 사실이 새삼스럽게 다가왔다. 그의 말이 사실이라면 세계 최고의 과학자를 배출한 스위스는 세계 최고의 자연환경을 가진 나라일 것이다. 스위스에 머무는 동안 아인슈타인의 말이 참으로 적절하구나 싶은 순간이 많았다. 특히 그날 오후에 올랐던 눈 덮인 라이스참(Leistchamm) 산과 그 아래로 펼쳐져 있던 발렌제(Walensee) 빙하호의 광경은 압도적이었다. 아직 융프라우나 체르마트에 가지도 않았는데 이런 어마어마한 광경을 이토록 손쉽게 만날 수 있다니 놀라울 뿐이었다. 우리가 차로 올라왔던 구불구불한 도로를 제외하고는 산이 온통 하얀 눈으로 덮여 있었고 차가운 빙하 호수는 푸른빛을 띠고 있었으며 오후의 스러져 가는 햇살이 눈과 호수에 반사되어 번져 가는 광경은 정말 아름다웠다.

산정에서의 감동적인 시간을 뒤로하고 우리는 다시 꼬불꼬불한 도로를 달려 산 아래로 내려왔다. 어둠이 내리고 눈발이 날리기 시작했다. 어제까지 뻥 뚫린 아우토반을 달리다가 스위스로 넘어와 속도제한이 있는 폭이 좁은 도로를 달리니 마치 한국에서 운전하는 것처럼 편안했다. 하지만 한국과의 가장 큰 차이점은 눈앞에 보이는 산들의 규모였다. 한국의 산들은 대게가 낮고 야트막했다면 이곳의 산들은 매우 크고 높은 데다 멀지 않은 곳에 우뚝 솟아 있어 비현실적인 느낌을 자아냈다. 그러나 아침 식사에 초대해 주셨던 Mrs. 만 하르트의 딸 카렌의 말처럼 스위스 사람들은 땅이 좁고 산이 높아 멀리 내다보지 못하는 단견이 되기 쉽다는 말도 일리가 있겠다는 생각이 들었다. 세계 사람들이 칭송하는 자연환경을 가졌지만 냉철하게 장단점을 파악하고 그에 대처하려는 자세를 가진 국민들이 있으니 스위스가 오늘날과 같은 위상을 가진 선진국이 되었을 것이다. 마침 그 무렵에 이웃 도시 다보스(Davos)에서 전 세계 정상들이 모여 경제 포럼을 진행하고 있었다. 과연 우리나라는 멀리 내다보며 코로나19 이후 세계 경제 상황의 변화에 제대로 대응하고 지속가능한 발전을 도모할 수 있는 지혜를 발휘할 수 있을 것인가.

칼트브룬에서 만난 장관들은 대단했지만 모든 공식적인 탐방 일정이 마무리된 후 귀국하지 않고 스위스에 남아 체르마트로 여행을 떠났던 일행들이 보내온 체르마트와 마터호른산의 광경은 칼트브룬과 비교할 수 없을 정도로 장엄하고 아름다웠다. 자연경관만 놓고 본다면 칼트브룬은 체르마트에 비할 바가 아닐 것이다. 하지만 우리에게 있어 진정한 칼트브룬의 장관은 자연경관이 아니라 우리를 환대해 준 호스트들의 배려와 친절이었다. 매일 아침 일행들을 만나면 자기네 호스트들이 어떻게 환대를 베풀어 주었는지 자랑하느라 정신이 없을 지경이었다.

우리는 스위스에서의 마지막 날 밤 독일에서와 같이 호스트들을 이탈리안 레스토랑에 초대해서 저녁 식사를 대접했다. 어떤 문화권이든 여행객을 환대하는 문화가 있을 테지만 요즘처럼 개인주의가 만연하고 각자도생의 각박한 시절에도 여전히 따뜻한 환대의 문화를 실천하는 그분들이야말로 칼트브룬에서 만난 최고의 장관이었다. 비록 나는 체르마트에 가지 못했지만 그보다 더한 장관을 보고 왔으니 감사할 따름이다.

2.

레더라 초콜릿과 도제교육

    이번 여행 중에 가장 맛있었던 음식이 무엇이냐고 묻는 다면 단 1초도 머뭇거리지 않고 레더라(Läderach) 초콜릿 이라고 말하겠다. 여행을 추억할 때 가장 기억에 남는 것 은 단연 음식일 것이다. 왜냐하면 인간의 오감을 모두 동 원해야 하는 유일한 대상이 음식이기 때문이다. 눈으로 보고, 손으로 만지고, 코로 냄새 맡고, 혀로 맛보고, 귀로 씹는 소리를 듣는 이 모든 과정이 반복해서 이루어지니 어찌 한두 가지 감각만으로 경험한 것들과 비교될 수 있겠는가. 더구나 평소 자신이 좋아하던 음식이라면 그 기억은 무덤까지 따라갈 것이다.

　노시내 작가의 《스위스 방명록》이라는 책을 읽다 보니 스위스 사람들이 하는 농담 중에 초콜릿에 관한 것이 있다. '초콜릿을 좋아하냐고 물어보면 10명 중 9명은 좋아한다고 답한다. 물론 나머지 한 명은 거짓말을 하는 것이다.' 이런 농담이 있을 정도니 초콜릿에 대한 스위스 사람들의 자부심이 얼마나 대단한지 알 수 있다. 글로벌 시장조사기관 스태티스타(Statista)에서 실시한 2021년 기준 1인당 연간 초콜릿 소비량 조사에서 스위스는 11.6kg으로 당당히 세계 1위를 지켜 냈다. 2위는 미국으로 9kg이라고 하니 1위와 2위의 격차가 꽤 크다. 이에 비해 한국은 0.6kg 정도를 소비하고 있다고 하니 스위스 사람들의 초콜릿 사랑은 한국의 19배가 넘는다는 말이 된다. 거기다 한국의 인구가 5배 이상 많다는 걸 감안하면 거의 100배 차이가 난다. 가만히 생각해 보니 과연 우리에게는 초콜릿에 관한 농담이 없었다. 그런데 그렇게 초콜릿을 많이 먹는 스위스 사람들의 비만율은 9%로 유럽에서 가장 낮은 그룹에 속한다고 하니 놀라울 따름이다. 이것이 하도 신기해서 스위스 사람들에게 물어봤다. "독일에는 뚱뚱한 사람이 많던데 초콜릿 많이 먹는 스위스 사람들은 왜 다들 날씬한가요?"라는 내 질문에 Mr. 만 하르트는 "독일 사람들이 뚱뚱한 이유는 많이 먹어서 그렇다."라는 예상 밖의 대답을 내놨다. 우리는 서로 마주 보며 크게 웃었다. 하긴 뭐든 많이 먹으면 살이 찌긴 하겠다. 그렇다면 맥주와 소시지가 범인인가?

지금은 아니지만 내가 초콜릿을 즐겨 복용한 까까머리 시절이 있었는데 그때 한창 홍콩 누아르 영화가 인기를 얻고 있었다. 〈도신〉이라는 영화에서 주윤발이 카드 게임을 하면서 초콜릿을 무진장 먹어 대는 장면이 그렇게 멋져 보였었다. 영화를 보고 나서 친구들과 함께 주윤발 흉내를 내면서 가나 초콜릿을 한입에 밀어 넣고 우물거리며 포커 게임을 했던 기억이 난다. 딱히 맛이 있어서 먹었던 것이 아니었기에 이번 스위스 탐방에서 가장 기억에 남는 음식이 초콜릿이 될 줄은 전혀 예상치 못했다.

세계 초콜릿의 양대 산맥이라고 할 수 있는 벨기에와 스위스. 그중에서 스위스 초콜릿 하면 당연히 린트(Lindt)을 떠올리는 정도의 평범한 상식만 가지고 있던 내가 초콜릿이 이렇게 맛있는 음식이구나 하고 느끼게 된 것은 레더라 초콜릿을 맛보고 나서였다. 나는 스위스에 도착한 첫날 저녁 식사를 스위스 수제 초콜릿 기업 레더라의 2대 CEO인 위르 레더라 씨의 집에서 먹었다. 다음 날 오후에는 레더라 초콜릿 공장(Läderach Chocolaterien)에 방문해 회장님으로부터 직접 VIP 가이드 투어를 받는 행운도 누렸다. 1962년에 시작된 레더라는 스위스 초콜릿 업계에서는 후발 주자이지만 매우 신선하고 고급스러운 수제 초콜릿을 만들어 프리미엄 초콜릿 브랜드로 명성이 높다. 현재 한국에도 두 개의 점포가 있다고 하는데 지난 여름 런던에 갔을 때 런던의 최대 번화가인 리젠트 스트리트에서 레더라 매장을 보고 반가워 사진을 찍었었다. 가이드 투어를 마치고 카페에서 맛본 다양한 종류의 초콜릿 제품들의 맛은 놀라웠다. '신선한 초콜릿'을 지향한다는 '신선한' 설명을 듣고 실제로 맛본 레더라 초콜릿은 말 그대로 '신선'했다. 레더라는 유통기한을 엄격히 제한해서 항상 신선한 제품만을 유통시킨다는 경영 철학을 가지고 있다고 하는데 정말 초콜릿에서 '신선함'이 느껴지니 놀라웠다. 오감을 통해서 그것을 충분히 느낄 수 있었다. 특히 가장 인상적인 것은 냄새였는데 신선한 코코아 향기가 코로 쑥 빨려 들어왔던 기분 좋은 순간을 잊을 수 없다. 영화 〈도신〉을 보면서 가나 초콜릿을 먹던 까까머리 중학생이 유럽 초콜릿의 심장이라 할 수 있는 스위스에 와서 최고급 수제 초콜릿을 맛보고 있으니 이 무슨 호강인가 싶은 생각이 들었다. 일행들도 신선하고 달콤하며 예쁘기까지 한 다양한 초콜릿을 맛보고 다들 행복해져 싱글벙글했다. 더구나 가이드 투어를 마치고 작별 인사를 하는 우리에게 레더라 씨는 7가지 종류의 초콜릿이 든 가방을 하나씩 선물해 주시기까지 했다. 숙소로 돌아와 검

색해 보니 우리돈으로 156,000원에 달하는 선물 꾸러미
였다. 이런 대단한 환대를 받고 나니 이제 내 스위스 초콜
릿 상식은 린트에서 레더라로 바뀌고 말았다. 이런 것을
사업가의 영업전략이라고 할 수도 있겠지만 우리가 느낀
것은 레더라 씨의 지극한 환대였다.

스위스 학교를 방문하고 현지 선생님들과 대화를 나
누면서 내가 던진 도발적인 질문은 "독일 교육과 스위스
교육은 비슷한 점이 많아 보이는데 독일 교육보다 스위

스 교육이 더 나은 부분이 있다면 무엇인가?"였다. 그들의 대답은 도제교육(Apprenticeship)이었다. 이명박 정부에서 독일을 벤치마킹해 마이스터고를 만들었고, 박근혜 정부 시절에는 스위스를 벤치마킹해서 도제교육을 강화하는 방향으로 정책을 편다는 기사를 읽었던 기억이 났다. 도제교육이란 직업학교에 다니는 학생들이 일주일에 2~3일을 학교에 등교하는 대신 직업 현장에서 직접 배우고 그것을 학교에서는 수업과 학점으로 인정해 주는 제도다. 현재 스위스에는 5만 8천여 개의 기업에서 약 8만 개의 실습 코스를 운영하고 있다고 하니 그 압도적인 규모에 놀랐다. 여기에는 흔히 생각하는 공업 관련 전공만 있는 게 아니라 레더라 같은 초콜릿 생산 기업도 해당된다. 우리를 가이드 해 준 조셉 선생님의 큰아들 이언(17세)도 레더라 초콜릿 공장에서 실습 코스를 밟았다고 했다.

독일도 대단한 기술력의 나라지만 스위스는 제약 기술 분야와 정밀기계 및 첨단기술 분야 등에서 세계 최고의 기술력을 보유한 제조업 강국이다. 아인슈타인뿐 아니라

22명의 노벨상 수상자를 배출한 취리히 연방공과대학의 존재에서 알 수 있듯이 870만 명에 불과한 적은 인구에도 기술 역량은 세계 최고 수준이라고 한다. 스위스가 작지만 강한 나라가 된 비결에는 과학기술에 대한 끊임없는 투자와 해외 인재들을 적극적으로 영입하고 우대하는 정책이 일관되게 추진되고 있기 때문이다. 얼마 전 우리 정부가 2024년도 과학기술 분야 R&D 예산을 3조 4,000억 원 삭감했다는 보도를 접하면서 국가의 미래에 대한 걱정이 앞서지 않을 수 없었다. 스위스와 마찬가지로 천연자원이 없는 우리나라가 오늘날과 같이 잘살게 된 것은 오랜 시간 과학기술 분야에 집중적인 투자를 했던 결과였다. 그런데 현재 코로나19 팬데믹 이후 세계경제 패러다임이 급격하게 전환되고 기후 위기로 인해 탄소 배출을 줄이는 방향으로의 에너지산업 재편이 불가피한 상황에서 과거 어느 때보다 과학기술의 발전이 절실히 요구되는 때에 과학기술 분야 R&D 예산의 삭감이 불러올 후폭풍은 예상보다 엄청날 수 있다. 부디 국회 예산 심의 과정에서 충분한 검토와 토론을 통해 올바른 결론을 도출할 수 있기를 기대한다. 독일로부터 산학협력 모델로 마이스터고 시스템을 배웠고 스위스로부터 도제교육 시스템을 배워서 우리 교육과 산업현장에 적용했듯이 기초 및 첨단 과학기술 분야에 대한 연구와 개발에 투자를 아끼지 않는 스위스의 일관된 모습도 벤치마킹해 주길 바란다.

일각에서는 도제교육의 문제점을 지적하는 목소리도 높다. 아직 도제교육의 의미를 충분히 이해하지 못한 기업들이 마이스터고나 특성화고 학생들을 안전이 충분히 확보되지 못한 위험한 일에 무분별하게 투입하거나 회사의 허드렛일을 시키는 등의 문제가 여전히 반복되고 있기 때문이다. 제도와 시스템만 마련한다고 해서 될 일이 아닌 것이다. 스위스 교육 당국과 기업들은 바로 이 지점에서 세계 최고의 협력과 시너지를 만들어 내고 있다는 점을 제대로 이해하고 그 비결을 배워야 한다. 또한 현장기술자들을 우대하고 존중하는 사회적 풍토가 마련되려면 임금에 있어서도 충분한 보상이 이루어져야 한다. 그때에야 비로소 독일과 스위스의 장인 도제교육 제도와 시스

템을 제대로 배운 것이라 할 수 있을 것이다. 그래서 우리
는 아직 갈 길이 멀다.

　나는 스위스의 깨끗하고 아름다운 자연만 부러운 게 아
니라 그 사회 속에 면면히 흐르는 협력과 시너지의 정신
도 매우 부러웠다. 물론 스위스 사회에 어찌 문제가 없
겠는가. 역사적인 면에서나 지정학적인 면, 인구의 규모
등 많은 부분에서 우리와 스위스는 매우 다른 환경에 놓
여 있다. 그러나 작지만 강한 나라를 지향한다는 측면에
서는 매우 유사한 입장에 처해 있다. 내가 뻥 뚫린 독일의
아우토반보다 스위스의 좁은 도로에서 더 편안함을 느꼈
던 것은 우리의 비슷한 처지를 보여 주는 하나의 예시가
될 것이다. 땅이 좁고 산이 많은 척박한 자연환경이 스위
스인들을 더욱 강인하게 만들었다면 우리는 거기다가 인
구까지 많으니 더욱 강인해져야 한다. 독문학자 김누리
는 《우리의 불행은 당연하지 않습니다》라는 책에서 한국
사회와 독일 사회를 비교하면서 "우리가 이상이라고 생
각하는 것이 그들에게는 이미 일상이다."라고 말한 바 있

다. 이상이 일상으로 바뀌는 데는 굳건한 철학과 과감한 개혁, 지속적인 추구가 동반되어야 한다. 독일과 스위스 모두 처음부터 지금의 모습은 아니었다. 그들도 오랫동안 협력보다 경쟁을 앞세웠다. 더구나 오랜 세월 스위스는 유럽의 산골 촌놈이었다. 지형적 특성상 전 세계로 뻗어 나갈 수 없는 한계를 가지고 있었다. 그러나 지금 가장 글로벌하고 혁신적인 나라라는 평가를 받게 된 것은 그 한계를 돌파하기 위한 부단한 성찰과 노력이 있었기 때문이다. 도제교육에서만큼은 독일보다 훨씬 더 우수하다고 자부하는 스위스 사람들을 보면서 우리 교육은 과연 무엇을 내세울 수 있을까 생각해 봤다. 안타깝게도 당장 생각나는 게 없었다. 그러나 바로 이 자각이 이상을 일상으로 바꾸는 시작이 될 수 있다면 의미가 있다. 이제는 시스템과 제도만 배워 오는 낡은 관행을 버리고 철학과 정신까지 배워 오자. 우리 교육의 이러이러한 점은 독일이나 스위스보다 더 우수하다고 말할 수 있는 날이 온다면 그날이 바로 이상이 일상이 되는 시작일이 될 것이다. 우리는 충분히 그럴 만한 잠재력이 있다.

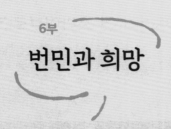

6부
번민과 희망

1.

마틴스브루어리 인 프라이부르크

2022년 여름, 나는 아들과 함께 독일로 떠났다. 록그룹 부활은 "그리워하면 언젠가 만나게 되는 어느 영화와 같은 일들이 이뤄져 가기를"이라고 노래했는데 나는 코로

나19가 처음 시작되던 2020년 2월 초에 3박 4일간의 일정으로 프라이부르크를 혼자 여행한 적이 있었다. 그날 이후 부활의 〈NEVER ENDING STORY〉를 들을 때마다 자연스럽게 프라이부르크를 떠올리게 되었다. '프라이부르크를 제대로 경험하기'라는 간절한 바람이 현실이 되기 위해서는 전염병의 위험성을 상대화할 수 있는 담력과 가족들의 반대를 무릅쓸 수 있는 용기가 필요했다. 여전히 코로나19가 한창이어서 한국 귀국을 위해서는 현지에서 확인받은 음성 결과 통지서가 있어야만 했던 그 시절, 어디서 그런 용기가 솟아났는지 지금 생각해도 내가 기특하다. 더구나 초등학교 5학년 아들을 데리고서. 그때의 나는 꽤 용감했었다.

사실 나흘간의 프라이부르크 여행의 목적은 그해 6월부터 8월까지 3개월 동안 프라이부르크에서 온 가족이 3개월 살이를 하기 위한 사전 답사였다. 우리는 꽤 원대한 목표를 세우고 있었는데 그해 3월부터 5월까지는 태국 치앙마이에서 살고, 6월부터 8월까지는 독일 프라이부르크에서, 9월부터 다음 해 1월까지는 캐나다에서 살아 보기로 작정한 상태였다. 태국과 독일에서는 아이들을 열심히 놀리고, 캐나다에서는 공립학교를 경험시키고 싶어 나는 평소 관심 있던 캐나다 대학원에 입학까지 해 놓은 상태였다. 대학원 입학허가서를 받은 기쁨도 잠시 우리의 원대한 계획은 코로나19로 인해 완전히 깨지고 말았다. 우리는 수영장이 있는 치앙마이 아파트가 아니라 한국 우리 집에서 EBS 호랑이 선생님과 함께 홈스쿨링을 해야 하는 처지가 되고 말았다. 그렇게 코로나19에 치여 산 지 2년 만에 새로운 용기가 찾아왔다. 그동안 가족 모두가 코로나에 걸려 고생도 해 보았고 재감염된다고 해도 감기약 먹으며 버티면 된다는 사실을 경험적으로 알고 나니 배짱도 생겼다. 또한 하이델베르크에 유학 가 있는 친한 동생에게 '거기도 사람 사는 동네'라는 얘기를 듣고 보니 부딪쳐 돌파하고 싶은 용기가 슬금슬금 올라왔다. 그렇게 나는 출국 6개월 전에 프랑크푸르트행 비행기 티켓을 예매해 버렸다. "가려면 아들도 함께 데려가라."라는 아내의 농담을 기회로 삼아서.

나는 왜 그토록 프라이부르크가 마음에 들었던가?

첫 번째 이유는 '생태'에 관한 관심 때문이었다. 내가 보기에 현재 우리 삶의 방식은 결코 지속 가능하지 않아 보였다. 낭떠러지를 향해 전력으로 질주하는 기차에 올라타고 있는 느낌이었다. 그런 중에 세 번에 걸쳐 독일을 여행하면서 우리와 달리 기후 위기에 적극적으로 대처하는 독일 정부의 생태적 관심과 정책적 뒷받침, 시민들 스스로 핵발전소 건립을 거부하고 에너지 자립을 위한 방법을 성공적으로 모색한 훌륭한 시민정신, 아우토반 주변으로 끊임없이 이어지는 풍력 발전기와 자동차를 타고 가는 것보다 자전거를 타면 더 빠르게 이동할 수 있도록 만들어진 도시교통 환경 등 도무지 이상으로 여겨지던 일들이 일상이 되어 돌아가는 이질적인 도시의 모습에 크게 충격을 받았다. 그래서 관련 책도 열심히 찾아 읽고 나름 공부를 꾸준히 하고 있었다. 그러니 이왕 해외살이를 계획하는 마당에 우리가 마주해야 할 미래를 이미 살고 있는 생태도시 프라이부르크가 자연스레 눈에 들어왔던 것이다.

두 번째 이유는 'Freiburg'라는 도시 이름 때문이었다. 물고기가 물을 찾듯 늘 자유를 꿈꾸는 나인데 도시 이름이 아예 '자유의 성'이라니 어찌 호기심이 생기지 않을 수 있겠는가. 물론 프라이부르크의 '자유'는 내가 간절히 꿈꾸는 그런 자유가 아니라 교역의 자유를 뜻하는 이름이었지만 상관없었다. 나는 모든 종류의 '자유'에 공감하고 동요할 준비가 되어 있는 사람이니까. 네덜란드에 갔을 때 1880년 아브라함 카이퍼(Abraham Kuyper)가 설립한 '암스테르담 자유 대학교'라는 이름이 얼마나 가슴을 설레게 했는지 모른다. '자유'라는 이름의 대학이 있다니. 동베를린에 있던 훔볼트 대학이 서베를린 학생들의 입학을 가로막자 서베를린에 따로 세워진 '베를린 자유 대학교'도 마찬가지. 본디 대학은 진리 탐구를 통하여 생각의 자유, 사상의 자유를 쟁취하려고 하지 않았던가. 그런 면에서 대학이야말로 '자유'의 최후 보루와 같은 곳이어야 한다. 프랑스혁명의 결과로 프랑스에 있는 모든 학교에는 '자유, 평등, 박애'라는 교훈이 새겨져 있다. 파리에 갔을 때 파리 6구 뤽상부르 공원(Jardin du Luxembourg) 근처 모 고등학교 정문에 음각으로 깊이 새겨져 있던 Liberté라는 글자를 보았을 때도 나는 적잖은 흥분을 느꼈다. "어째서 자유에는 피의 냄새가 섞여 있는가를"이라고 노래했던 김수영의 시구도 생각이 나면서. 나는 자유의 도시 프라이부르크에서 '자유'를 한껏 들이켜고 싶었다.

세 번째 이유는 주변국과의 '인접성' 때문이었다. 프라이부르크에서 기차를 타거나 버스를 타면 2시간 안에 스위스 바젤, 프랑스 콜마르나 스트라스부르에 닿을 수 있다. 실제로 우리는 FlixBus를 타고 스위스 바젤로 당일치기 여행을 다녀왔다. 생각 같아서는 프랑스에도 가고 싶었지만 그렇게 하면 느긋하게 프라이부르크를 즐긴다는 우리의 여행 콘셉트가 무색해질 것 같아 바젤에 다녀오는 것만으로 만족했다. 현지에 사는 분께 들으니 마치 우리가 포항에 살면서 심심찮게 경주나 영덕을 오가듯 프랑스와 스위스에 다녀온다고 했다.

우리는 프라이부르크에 열흘간 머물렀는데 현지인처럼

유럽 학교 산책

느긋하게 프라이부르크를 즐긴다는 단순한 콘셉트에 맞게 생활하기 위해 숙소를 한 곳만 잡았다. 도착한 첫날 오후부터 우리는 호텔 수영장을 아침저녁으로 뻔질나게 드나들었고 그것으로도 모자라 동네에 있는 야외 수영장에도 여러 번 갔다. 평소 수영을 좋아하던 우리는 스포츠용품 가게에 들러 이탈리아산 수경도 구입하고 늘 수영복을 가지고 다녔다. 마음이 동하면 언제든 수영장으로 달려갈 수 있도록. 매일 이렇게 지내다가 바젤로 여행 갔던 날은 짐을 줄이기 위해 수영복을 빼놓고 갔으니 우리가 얼마나 땅을 치며 후회했겠는가. 하루는 동네 야외 수영장에 그 동네 남자 아이들이 몰려와 다이빙을 연습했다. 아들도 그 옆에서 한참 지켜보더니 용기를 내어 다이빙을 연습하기 시작했는데 아마 100번은 시도를 한 것 같다. 집에 올 때쯤에는 꽤 능숙한 자세로 다이빙을 할 수 있게 된 녀석은 매우 신이 난 모습이었다. 멀리 가지 않아도 동네에 이런 멋진 시설의 공공 야외 수영장이 있다는 게 정말 부러웠다. 시설도 훌륭했고 이용 요금도 매우 저렴했다. 조부모까지 온 가족이 잔디밭에 자리를 잡고 수영과 공놀이, 선탠을 즐기는 모습이 보기 좋았다. 수영을 마친 우리도 그들처럼 느긋하게 콜라를 마시면서 유유히 걸어 숙소로 돌아오곤 했다.

  프라이부르크는 바덴뷔르템베르크 주에 속해 있는 인구 23만의 작은 도시로 근처에는 Black Forest(흑림)라 불리는 길이 200㎞, 폭 60㎞의 거대한 삼림지대가 있고 거기서 발원하는 드라이잠강이 도시를 관통하고 있다. 도시 면적의 3분의 1 이상이 녹지인 프라이부르크는 도시 전체가 푸르른 수목과 피톤치드 가득한 신선한 공기, 맑고 투명한 햇살과 느긋한 여유로 가득 채워져 있다. 거기다 프라이부르크 대학이 있어 젊음의 열기도 뜨겁다. 우리가 묵었던 방에서 창문 밖을 내다보면 아침마다 프라이부르크 대학교 학생들이 자전거를 타고 등교하는 모습을 볼 수 있었다. 남학생 여학생 할 것 없이 능숙한 자세로 자전거를 탔는데 심지어 치마를 입고 자전거를 타는 여학생도 심심찮게 보였다. 특히 신기했던 점은 도로에 그어진 자전거 주행선이었다. 우리도 자전거를 빌려 타고 생

태 마을 보봉(Vauban)과 리젤펠트(Rieselfeld)에 다녀왔
는데 자동차들과 함께 달리는데도 전혀 위협을 느끼지 않
고 안전하게 이동할 수 있었다. 그야말로 자전거의 천국
이었다. 앞서 우리는 프라이부르크에 오기 전에 하이델
베르크에서 3일간 머물렀었는데 거기서도 자전거를 탔었
다. 그때도 네카어강 변을 달려 하이델베르크역까지 가
는 동안 매우 잘 닦여진 자전거도로에 감탄했었는데 프라
이부르크의 자전거도로는 그보다 훨씬 더 훌륭하게 느껴
졌다.

　프라이부르크에서 지내는 동안 보고 듣고 느낀 것들도
많았고 여러 가지 재미있는 에피소드들도 많았지만 가장
기억에 남는 사건은 한 가족과의 만남이었다. 우리는 보
봉이라는 생태 마을을 두 번 방문했었는데 동네를 거닐다
가 한국인으로 보이는 가족 옆을 지나쳐 갔다. 아빠와 두
아이가 트램을 타기 위해 정류장으로 가고 있었다. 보봉
마을 구경을 마치고 프라이부르크 구시가지로 돌아와 점
심을 먹으러 '홍콩'이라는 중식당에 갔는데 신기하게도 우

리 옆 테이블에 아까 그 가족이 식사를 하고 있었다. 너무 재밌는 상황이라 서로 인사를 나누고 헤어졌다. 그런데 며칠 후 프라이부르크 대성당 주변을 거닐다가 또다시 그 아이들을 만났다. 외국에서 며칠 사이에 세 번씩이나 만난다는 건 예사롭지 않은 우연이라는 생각이 들어 반갑게 인사하고 지나가려는 아이들을 불러 세웠다. 어디 가는 길이냐고 물었더니 어학원에 간 아빠가 오실 때까지 기다리면서 노는 중이라고 했다. 마침 우리도 정해진 일정이 없으니 같이 놀자고 했더니 지금 산에 갈려고 한다며 자기들이 길을 안내하겠다고 했다. 우리는 흔쾌히 그 아이들의 안내를 따라 프라이부르크 시내가 한눈에 내려다보이는 슐로스베르크(Schlossberg) 산에 올랐다. 우리 아들과 그 남매 중 누나가 같은 5학년이었고 남동생은 2학년이었다. 이런저런 이야기를 나누면서 즐겁게 산행을 마치고 돌아와 함께 아이스크림을 먹으며 프라이부르크의 명물인 베흘레(Bächle)에 앉아 땀을 식혔다. 헤어지면서 다음 주 월요일 저녁 6시에 프라이부르크 대성당 앞 광장 분수대에서 만나자고 아버지께 말씀드리라는 일방적인 약속을 잡고 아이들을 보냈다. 숙소로 돌아오는 길에 오늘 이 신기한 만남에 대해 아들과 이야기를 나누었는데 우리 둘 다 왠지 모르게 기분이 좋아지고 뭔가 재밌는 일이 계속 이어질 것 같은 느낌이 들었다.

며칠 후 우리는 약속했던 대성당 광장 분수 앞에서 만났다. 나와 주셔서 감사하다고 했더니 그분도 신기한 일이라며 좋은 시간을 보내자고 하셨다. 우리는 그 동네에서 유명한 브루어리 중 하나인 마틴스브루어리(Martinsbräu)로 갔다. 식사 겸 안주로 슈바인스학세와 포크립, 소시지와 감자튀김을 시키고 아빠들은 맥주, 아이들은 레모네이드를 주문했다. 이 가족은 3개월 전에 독일에 이민을 목적으로 왔고 그동안 호텔에서 지내다가 며칠 전부터 보봉에 방을 얻어 생활하고 있다고 했다. 그러니까 우리가 처음 스쳐 지나가며 봤던 날은 그들이 그 마을에 가서 살기 시작한 지 채 일주일도 안 된 때였던 것이다. 이야기를 나누다 보니 그분과 나는 비슷한 점이 많았다. 특히 관심사가 비슷했고 읽고 공부한 책도 겹치는 게 많아 대화가 잘 이루어졌다. 앞으로 어학을 마치면 직업을 구해서 일도 하겠지만 나중엔 프라이부르크 대학에서 철학 공부를 하고 싶다는 이야기가 인상적이었다. 그만큼 삶에 대한 고민과 질문이 많은 분이었다. 나는 그의 결단에 큰 박수를 보냈다. 우리는 거의 10시가 다 되도록 시간 가는 줄 모르고 이야기를 나누었는데 빈 맥주잔이 늘어 가는 동안 아이들은 지겨웠던지 밖으로 나가 아이스크림을 사 먹고 돌아왔다. 서로 조잘대면서 꽤 먼 거리에 있던 아이스크림 가게까지 갔다 왔다고 하니 아이들도 이 특별한 만남이 좋았던 모양이다. 우리는 서로의 삶에 대해 공감과 위로, 격려를 주고받고 10시가 넘어 헤어졌다. 근데 이게 웬 멍청한 짓인가. 헤어지면서 사진만 찍었지 전화번호나 이메일을 주고받지 않았던 것이다. 그들이 탄 트램이 시야에서 사라지고 나서야 그 사실을 깨달았다. 아쉬워하면서 돌아섰는데 왠지 모르게 나중에 이 도시에 다시 오게 되면 또다시 기적처럼 우연히 어느 길모퉁이에서 마주칠 것 같은 생각이 들었다. 그때는 그분이 프라이부르크대학 철학과에 다니고 있을 것만 같았다. 숙소로 돌아와 하루 일정을 정리하고 잠자리에 누워 이번 여행에서 오늘의 만남이 가진 의미를 곰곰이 생각했다. 사실 그날 나는 왠지 모르게 그 아버지를 위로하고 싶다는 생각을 했었다. 그래서 그분의 만류에도 불구하고 여행자인 내가 굳이 식삿값을 계산했다. 오늘 우리와의 만남이 앞으로 타국에서 이민자로 살아갈 그들의 삶에 작은 위로와 격려가 되어 주었으면 좋겠다고 진심으로 바랐다.

내가 처음 마틴스브루어리를 방문했던 때는 혼자 나흘간 여행 왔던 2020년 2월이었다. 그날 겨울비가 추적추적 내렸었다. 혼자서 소시지 안주에 2,000cc 맥주를 마시고 얼큰한 기분을 느끼면서 드라이잠강 변을 산책했었다. 먼 타국에 와서 혼자 맥주를 마시는 즐거움이란 대단한 것이어서 나는 여행자가 아니라 마치 프라이부르크대학의 철학자가 된 듯 이런저런 돈 안 되는 생각을 하며 연신 맥주를 들이켰다. 그 편안한 시간이 내게 얼마나 큰 위로와 안식을 선사했는지 모른다. 이번 두 번째 방문에서는 이민 온 한 가족을 위로하고 격려하는 시간을 가질 수 있었기에 마틴스브루어리는 내게 더욱 특별한 장소가 되었다. 먼 타국의 어느 도시에 나만의 추억이 깃든 특별한 장소가 있다는 것은 얼마나 낭만적인 일인가. 언제가 될지는 모르지만 다음번에는 아내와 함께 마틴스브루어리에 앉아 있을 날이 올 것 같다. 이런 느낌은 놀랍게도 반드시 현실이 되더라.

2.

한 줄기 가냘픈 희망의 빛

2020년 9월 9일 '김종철 읽기 모임'을 시작했다. 김종철

선생님이 떠나신 지 3개월째 되는 시점이었다. 죽음은 늘 살아남은 자들에게 황망함을 느끼게 하지만 코로나19가 불러온 죽음은 평소보다 더했다. 그 와중에 들려온 그분의 부고. 그 황망함 속에서 나는 내가 속한 단톡방에 이런 추모의 글을 썼다.

"우리에게 희망이 있는가? 지금부터 이십 년이나 삼십 년쯤 후에 이 세상에 살아남아 있기를 바라는 사람이 과연 몇이나 될 것인가?' 1991년 11월 〈녹색평론〉 창간사의 첫 문장을 쓴 김종철 선생님이 지난 6월 25일 돌아가셨습니다. 2020년 4월 17일 한겨레에 기고한 〈코로나 환란, 기로에 선 문명〉은 선생님이 쓰신 마지막 공개적 글이 되고 말았습니다. 그는 '근본적인 대책은 우리 모두의 정신적, 육체적 면역력을 증강하는 방향이라야 한다. 우리는 더이상의 생태계 훼손을 막고, 맑은 대기와 물, 건강한 먹을거리를 위한 토양의 보존과 생태적 농법, 그리고 무엇보다 단순, 소박한 삶을 적극 껴안지 않으면 안 된다. 우리를 구제하는 것은 사회적 거리두기도 마스크도 손 씻기도 아니다. 이 세상에서 가장 무서운 것은, 공생의 윤리를 부정하는, 그리하여 우리 모두의 면역력을 체계적으로 파괴하는 탐욕이라는 바이러스다.'라고 했습니다. 생전에 꼭 한번 뵙고 싶었는데 이렇게 일찍 떠나실 줄은 몰랐습니다. 너무 아쉽습니다. 이 시대를 근본적으로 회의하고 걱정하는 생태 사상가이자 공멸을 경고하는 선지자를 떠나보내고 섭섭한 마음으로 그분이 남기신 글을 뒤적입니다. 오늘 우리가 보는 눈부신 햇살과 파란 하늘, 정다운 시냇물과 한들거리는 풀꽃들을 우리 아이들과 후손들도 누릴 수 있도록 하려면, 오늘 우리 삶의 방식을 어떻게 바꾸어야 좋을지 깊이 생각해 보는 시간을 갖는 것으로 선지자의 죽음을 애도하고자 합니다."

나의 〈녹색평론〉 구독의 시작은 2014년 7—8월호부터였다. 어떤 이유로 구독을 시작하게 되었는지 선명하게 기억나지는 않는데, 아마도 무위당 선생의 책에서 언급된 김종철 선생님의 몇몇 짧은 문장을 접하고 매력을 느껴《간디의 물레》를 사서 읽은 후 구독을 시작했던 것 같다. 만 7년 동안 〈녹색평론〉에 실린 선생님의 글을 찾아 읽었고, 단행본으로 출간된 책들도 서너 권 읽었다. 선생님의 부고를 접하고서야 그동안 미처 읽지 않았던 단행본들을 모두 구입했다. 이것은 내 나름의 개인적 추모 행위였지만 소 잃고 외양간 고친다는 속담처럼 택배로 책을 받은 날 나는 깊은 허전함을 느꼈다. 서울에 갈 일이 있을 때마다 몇 번이나 녹색평론 사무실에 들러 선생님을 한번 만나 봬야지 생각했지만 이런저런 이유로 한 번도 실행에 옮기지 못했다. 예전 강원도 태백의 예수원에 계셨던 대천덕 신부님을 찾아뵐 기회를 미루다 놓친 것과 같은 상황을 또다시 맞이하고 만 것이다.

나는 나름의 개인적 추모 행위로써 세 가지 일을 했는데 짧은 추모의 글을 써서 지인들과 나눈 일, 선생님의 단행본 저작들을 모두 구입해서 책장 잘 보이는 곳에 꽂아둔 일, 떠나신 지 3개월째 되는 때에 몇몇 지인들과 함께 '김종철 읽기 모임'을 시작한 일이 그것이다. 그 세 번째 추모 행위를 시작한 지 벌써 3년이 지났다. 우리는 격주로 모여 선생님의 마지막 책이 되고 만 《근대문명에서 생태문명으로》를 소리 내어 읽었다. 첫날 5명이 모였고 나중에 한 명이 더 참여하게 되어 총 6명이 모임을 가졌는데 모인 자리에서 한 페이지씩 돌아가며 소리 내어 읽는 낭독의 방식이었다. 이후 코로나가 심해져 대면 모임을 할 수 없게 되고부터는 온라인에서 모임을 이어 갔고, 21년 가을 들어 상황이 호전되면서 다시 대면 모임으로 전환했다. 다 같이 돌아가면서 낭독하고 나면 그날 순서를 맡은 사람이 간단하게 요약·정리를 했고, 이어 각자 인상 깊게 느낀 부분을 나누는 방식으로 진행했다. 특히 중요하게 생각한 부분은 선생님이 책머리에서 밝히신 것처럼 "숨김없이 번민을 나누는 것"과 "한 줄기 가냘픈 희망의 빛을 보고자 갈망하는 것"이었다. 다들 평소 가지고 있는 생태적 위기감을 각자의 시각과 언어로 풀어냈고, 서로의 이야기에 깊이 공감했다. 책을 낭독하고 요약·정리하는 시간은 비교적 짧았고, 모임 시간의 대부분은 숨김없이 번민을 나누는 것에 할애되기 일쑤였다. 현실의 참담함에 대한 토로, 정부의 반생태적 행태에 대한 분노, 우리 각자의 위선에 대한 고해성사까지 하고 나면 절망의 감정이 우리 몸을 온통 감싸는 것 같았다. 그래서 마지막엔 꼭 '그럼에도 불구하고 한 줄기 가냘픈 희망의 빛'을 갈구하며 함께 기도를 바치는 시간을 가졌다. 무겁고 답답한 마음에 짓눌려 숨쉬기 어려운 때도 많았기 때문이다.

2011년 후쿠시마 핵발전소 폭발 사고를 시작으로 싹트기 시작한 내 생태적 관심은 환경운동연합과 생협의 회원이 되는 일로, 생태에 관한 책이나 영상을 찾아보는 일로, 〈녹색평론〉을 구독하는 일로, 밭농사를 짓는 일로 점차 확장되어 왔다. 그리고 다섯 차례의 독일 방문과 2020년 9월부터 시작한 '김종철 읽기 모임'으로 더욱 깊어지고 넓어졌다. 그전까지는 주로 혼자서 책을 보거나 영상을 본 후 잠시 괴로워하다가 잊어버리고 살았다면 이제는 정기적으로 모여 함께 읽고 나누게 되면서 번민의 무게가 조금은 가벼워졌고, 혼자서는 도무지 찾기 어려웠던 희망의 빛도 희미하게 발견할 수 있게 되었다.

"우리에게 희망이 있는가?"라는 선생님의 첫 일성이 만들어 낸 파문이 커지고 커져서 나에게까지 도달했다는 것은 신비로운 일이다. 혹자는 선생님이 농촌공동체를 그토록 강조하면서도 정작 농촌으로 들어가 공동체를 이루지 않았던 것을 탓하기도 하지만 그것은 과도한 비판이다. 사람은 누구나 자기만의 방식으로 이웃과 공동체에 기여하는 법이다. 그런 점에서 역사 속 김종철의 쓰임은 '광야에서 외치는 자의 소리'였던 성서 속 세례자 요한과 같은 선지자였다. 선지자에게 외치는 일을 멈추고 양을 치고 땅을 일구라고 하는 것은 어리석은 소리다. 구약성서 에스겔 34장에서 하나님은 전쟁의 징후를 보고도 외쳐 알리지 않는 파수꾼에게 그 죄를 물으시겠다고 했다. 오늘날 자본주의 근대문명이 초래한 기후 위기와 생태 위기를 남보다 앞서 내다보고 괴로워하셨던 선생님은 이스라엘 민족의 경제적 번영과 함께 싹터 오른 교만과 범람하는 사회적 죄악을 고발하고 다시 출애굽 시대의 겸허와 가난한 마음으로 돌아갈 것을 요청했던 선지자들의 후예라 할 수 있다. 그가 〈녹색평론〉을 통해 외치지 않았다면 내가 어찌 그 소리를 들을 수 있었을까. 그런 면에서 김종철 선생님은 말과 글로써 선지자라는 역사 속 자기 소명을 다하신 것이다.

　김종철의 빈자리는 컸다. 황급히 〈녹색평론〉의 발행과 편집을 맡게 된 김정현과 편집실의 분투에도 불구하고 〈녹색평론〉은 1년 남짓 휴간할 수밖에 없었다. 2023년 6월, 〈녹색평론〉이 격월간지에서 계간지의 형식으로 다시 돌아왔다. 계간지 〈녹색평론〉의 귀환은 지난 3년간 지속해 온 우리 모임에 큰 힘이 되었다. 팔리는 책을 만들어야 생존이 가능한 냉혹한 출판 현실 속에서 오직 독자들의 구독료에 의지해 발행되는 잡지를 다시 내놓는다는 것은 자본주의 경제 논리를 넘어서려는 자기희생적 결단으로 보였기 때문이다. 사실 〈녹색평론〉을 알고 있는 사람이 얼마나 되며, 알고 있는 사람 중에 읽는 사람의 수는 얼마나 되겠는가. 찾는 이가 적은 좁은 길을 기꺼이 가기로 결심하신 발행·편집인, 편집실 모든 분들에게 머리 숙여 감사를 드린다. 3년 정도 지나면서 우리 모임도 조금씩 지쳐 갔다. 번민을 나누면 뭐 하나, 기도한다고 되나 하는 생각들이 우리를 조금씩 지치게 했다. 모임을 시작하기 전과 후에 달라진 것이 과연 있기나 한가라는 질문이 우리를 힘들게 했다. 일본은 7월부터 후쿠시마 핵발전소에서 나온 오염수를 태평양에 방류하겠다고 선언했고 미국의 암묵적 동의와 IAEA 조사단, 한국 대통령을 들러리로 세워 오염수 방류를 밀어붙였으며 2023년 8월 24일 실제로 방류가 이루어졌다. 오염수가 방류되면 가장 큰 피해를 직접적으로 보게 되는 게 뻔한 상황에서 적극적으로 일본 편을 들고 나선 한국 정부의 행태에 분노를 금할 수 없다. 대한민국 국민에게 위임받은 정치권력을 일본 정부의 이익을 위해 사용하는 이유를 도무지 이해할 수 없기 때문이다. 우리 정부가 최선을 다해 오염수 방류에 반대해도 방류를 막지 못했을 수 있다고 생각한다. 하지만 크게 목소리를 내고, 이웃 나라들과 연대하면서 방법을 모색하는 것이 우리 국민들이 위임한 권력을 바르게 사용하는 모습이 아닌가. 그런데 현실은 정반대였다. 이런 식의 어처구니없는 소식들을 빈번하게 접하다 보니 우리의 번민 토로와 기도 바침이 아무 소용없게 느껴졌다. 지금까지 당연하다 생각해 왔던 것들, 상식이라고 믿었던 많은 것들이 한순간에 부정되는 현실을 반복적으로 경험하다 보니 자포자기의 심정이 되어갔다. 이런 형편 중에 〈녹색평론〉의 재발간은 우리를 적잖이 위로했다. 여전히 광야의 외치는 소리로 존재하기 위해 자기희생적 결단을 내리는 '어리석은 이들'이 있다는 사실이 고마웠다. 매번 바치는 기도에 〈녹색평론〉의 번창을 빠뜨리지 않기로 하는 것으로 우리의 작은 감사를 표하기로 했다.

얼마 전 〈한산〉이라는 영화를 보았다. "이 전쟁은 의와 불의의 싸움이다."라는 이순신의 말이 기억에 남는다. 이순신이 한산과 명량에서 크게 이겼고, 심지어 13척으로 적선 133척을 이겼으며, 거북선을 건조하고 학익진을 펼쳤고, 세계 해전사에 길이 빛나는 명장이라는 칭찬은 모두 사실이지만 그런 사실이 왜군에 의해 자행된 7년여 조선 백성의 삶과 생명에 대한 유린을 막아 주지 못했다. 왜란으로 조선 사람 200만 명 이상이 목숨을 잃었다. 이 세상에서는 불의가 의를 유린하고 압도한다. 왜군이 조선군을 압도했던 것처럼. 하지만 "저항은 궁극적으로 우리가 무엇을 성취하느냐가 아니라, 우리가 무엇이 되느냐에 의해 평가될 것이다. 이제 눈을 가진 자라면 누구라도 산업문명이 지구의 생체 조직을 할퀴어 온 결과를 보지 않을 수 없다. 살아남기 위해서가 아니라 불의하기 때문에 우리는 이 체제에 복종하는 것을 그만두어야 한다."라는 문장을 읽으면서, 나는 다시 한 줄기 가냘픈 희망의 빛을 보는 듯했다. 애초에 모든 종류의 저항은 이기는 데 목적이 있는 게 아닐지 모른다. 무엇을 얻고 성취하는 게 아니라 저항하는 동안 우리 자신이 무언가로 빚어져 가는 것일지 모른다. 의와 불의 중에서 의를 선택하는 단순한 결정들이 모여 저항을 이루고, 그 저항은 우리를 의로운 존재로 빚어 가는 것이다. 이 단순한 진실이 이순신이 믿었던 것이고 김종철이 믿었던 것이리라. 나도 이 믿음을 굳게 붙들고 싶다.

3.
릭상부르 산책

   파리 6구에 머무는 일주일 동안 거의 매일 아침 릭상부르 공원(Jardin du Luxembourg)을 산책했다. 숙소에서 나와 생 쉴피스 성당을 지나 좁은 골목길을 오르면 금세 릭상부르 공원이었다. 장 폴 사르트르(Jean—Paul Sartre)와 시몬 드 보부아르(Simone de Beauvoir)가 이 공원을 산책하다가 계약 결혼을 하기로 했다던 그 전설의 공원은 정말 아름다웠다. '마음에 쏙 든다.'라는 말은 이럴 때 쓰라고 있는 말이다. 나는 릭상부르 공원이 정말 마음에 쏙 들었다. 지금은 상원 의사당으로 사용되고 있는 릭상부르 궁전과 그 앞에 있는 작은 연못, 잘 가꾸어진 화단의 꽃들과 깍두기 모양으로 가지치기를 해 놓은 파리 스타일의 플라타너스, 공원 곳곳에 세워져 있는 수십 개의 조각

상들과 푸릇푸릇한 잔디, 울창한 수목들은 한 폭의 아름
다운 그림이었다. 거기다 쏟아지는 한여름의 햇살과 무
리 지어 떠가는 뭉게구름, 공원 곳곳에 놓인 초록색 의자
에 앉아 책을 읽거나 누워 쉬고 있는 사람들까지 어느 것
하나 버릴 것 없이 완벽한 그림이었다. 런던의 하이드 파
크나 리젠트 파크도 좋았지만 나는 뤽상부르 공원이 가장
좋았다. 매일 가고 싶었고 좀 더 오래 머무르고 싶었다.

"이 삭막한 세상에 파리 같은 낭만적인 도시가 하나쯤
은 꼭 있어야 한다."라던 누군가의 말은 과연 진실이었
다. 나는 파리에 매료되었다. 나보다 먼저 파리에 매료되
었던 화가 김환기도 1959년에 이미 이렇게 말한 바 있다.

"파리라는 도시는 꽉 짜인 하나의 거대한 예술 작품이다. 그러기에 이 아름다운 파리에서 무릇 예술의 꽃이 피고 더욱이 미술의 역사가 연속 이루어진다는 것은 당연한 일인 것도 같다." 파리 오랑주리 미술관 앞 콩코르드 광장을 배경으로 찍은 김환기의 흑백사진 속에는 파리에 대한 그의 깊은 애정이 묻어나는 듯하다. 1956년 5월부터 3년간 파리에 체류했던 김환기 부부가 첫 아틀리에를 마련한 곳도 뤽상부르 공원 근처였다. 작가 정현주는《우리들의 파리가 생각나요》에서 김환기가 처음 파리에 도착한 날 뤽상부르 공원을 걸었던 장면을 이렇게 멋지게 표현했다. "향안이 구해 놓은 숙소는 뤽상부르 공원 근처에 있었다. 도착하던 날 수화(김환기)는 샴페인에 취해 공원을 걸었는데 봄의 꽃이 만발하고 호수 위로 불어가는 바람이 다정하던 날이었다. 사람들은 꽃나무 아래 앉아 한가히 책을 읽고 있었다. 잠깐의 산책만으로도 수화는 충분히 상상할 수 있었다. 아름답고 아름답고 아름다운 곳이었다. 다음 날 아침, 파리의 숙소에서 눈을 뜬 수화는 보이는 것이 모두 아름다운 것뿐이라 눈을 뜨고는 꿈을 꾸는 기분이었다. (…) 언제 가도 공원은 사랑하는 사람들로 가득했다. 푸른 담배 고로와주를 입에 물고 천천히 걷다가 벤치에 앉아 마로니에를 바라보며 시간을 보내도 좋았다. (…) 동네 산책만으로도 충분히 파리가 좋아서 루브르나 오페라에 가는 것을 잊을 정도였다."

1905년생 사르트르와 1908년생 보부아르. 1913년생 김환기와 1916년생 김향안. 1956년 5월 그 아름다운 봄날, 그들은 서로 알지 못했지만 네 사람 모두 파리 6구에 살았고, 생 제르맹 데 프레 거리에서 커피를 마시고 글을 썼으며, 뤽상부르 공원을 산책했을 것이다. 정말이지 어떤 날은 같은 시간 같은 공간에 함께 있었는지도 모른다. 뤽상부르 공원 한 오솔길을 둘씩 따로 걷고 있었을지도 모를 일이다. 나는 매일 아침 그들이 숨 쉬고 걷고 이야기 나누던 뤽상부르 공원을 산책하면서 행복했다. 누가 나를 관찰했더라면 사랑에 빠진 사람이라고 오해했을지도 모른다. 나는 감출 수 없는 만족감을 느끼며 정말이지 겨울이 오기까지 이 동네에 머무르고 싶은 충동을 여러 번 느꼈다.

　파리에 머무는 동안 내가 하고 싶었던 또 하나의 일은 생
제르맹 데 프레 거리에 있는 레 뒤 마고(Les Deux Magots)
와 카페 드 플로르(Cafe de Flore)에 느긋하게 앉아 커피
를 마시고 책을 읽고 글을 쓰는 것이었다. 사르트르와 보
부아르가 매일같이 드나들었던 그 지성의 전당에 그저 앉
아 있고 싶었다. "아침 9시부터 정오까지 글을 쓰고, 식사
뒤 오후 2시부터 저녁 8시까지 친구들과 대화를 나눈다.
식사를 마치면 찾아오는 이들을 맞아 이야기를 나눈다.
카페 드 플로르는 우리 집과 같은 곳이다."라고 했던 사
르트르. 나는 사르트르와 보부아르의 옛집에 앉아 그들
이 이곳에서 했던 일을 하고 싶었다. 선선한 바람이 좋았

던 어느 아침, 나는 레 뒤 마고 야외 테이블에 앉아 넉살 좋은 웨이터에게 cafe with milk를 주문하고 헤르만 헤세 (Hermann Hesse)의 《데미안》과 《수레바퀴 아래서》를 읽었다. 헤세는 자기 이야기를 소재로 심리묘사가 탁월한 소설을 많이 썼는데 마침 읽고 있던 《수레바퀴 아래서》의 내용은 이 책의 제목이기도 한 장면이었다. 주인공 한스가 친구 하일너와 친해지면서 성적이 떨어지자 교장선생님이 한스를 불러 이야기했다. 교장선생님은 한스를 부드럽게 타이르면서 오른손을 내밀었고 한스도 자신의 손을 포개 얹었다. "그래야지. 이제 마음에 드는군. 다만 너무 지치지 않도록 하게나. 안 그러면 수레바퀴에 깔리고 말 테니." 하지만 한스는 교장선생님의 기대를 저버리고 학교를 뛰쳐나오게 되고 고향 동네로 돌아와 견습 기계공이 되어 공장에서 일하다가 자살로 생을 마감하고 만다. 결국 수레바퀴에 깔리고 만 것이다.

파리, 생 제르맹 데 프레 거리, 카페 뒤 마고에서 지금 헤세의 소설을 읽고 있는 나는 누구인가? 나는 왜 이 자유의 공간에서 헤세의 이야기에 공감하는가? 오늘도 수많은 청소년들이 수레바퀴에 치이고 깔리는 나라에 살면서 느끼는 슬픔 때문인가? 입시에서의 성공만을 목적으로 하는 맹목적인 공부에 환멸을 느끼면서도 성적과 연봉의 서열로 환원되지 않는 공부의 가능성을 충분히 제시하지 못하는 내 비참한 현실 때문인가? 늘 자유를 꿈꾸지만 결코 온전히 자유로울 수 없다는 현실을 자각하고 있기 때문인가?

모든 종류의 억압으로부터 자유롭고 싶었던 헤세. 그래서 소설을 쓰고 음악을 듣고 그림을 그리고 정원을 가꾸었다. 마찬가지로 어떤 것에도 얽매이지 않고 온전히 자유롭고자 했던 사르트르와 보부아르. 그래서 그들은 철학적 사유를 극한으로 밀어붙이고 글을 쓰고 잡지를 창간하고 시위에 참가했으며 자신을 틀에 가두지 말라며 노벨문학상마저도 거부했다. 그렇다면 그들은 진정 자유로웠는가? 생각의 자유, 사상의 자유를 극한으로 추구했던 그들은 정말 자유로웠는가? 보부아르는《아주 편안한 죽음》을 이런 문장으로 끝맺었다. "자연스러운 죽음은 없다. 인간에게 닥친 일 가운데 그 무엇도 자연스러운 것은 없다. 지금 이 순간 인간으로 존재하고 있다는 것, 이는 그 자체로 세상에 문제를 제기하는 것이다. 모든 인간은 죽는다. 하지만 각자에게 자신의 죽음은 하나의 사고다. 심지어 자신이 죽으리라는 걸 알고 이를 사실로 받아들인다 할지라도, 인간에게 죽음은 하나의 부당한 폭력에 해당한다." 죽음이라는 사태 앞에서 그들 누구도 자유롭지 못했다. 시시각각 다가오는 죽음 앞에서 인간이 가질 수 있는 선택지는 없다. 카뮈의 말대로 "왜 자살하지 않는가?"라는 질문이 궁극의 철학적 질문이라는 데 동의한다 할지라도 달라지는 건 없다. 죽음은 인간이 도무지 어찌해 볼 수 없는 어떤 사태다. 그래서 보부아르는 "하나의 부당한 폭력"이라고 말하는 것이다. 하지만 죽음을 부당한 폭력이라고 명명한다고 해서 무엇이 달라지는가?

죽음이라는 사태를 정직하게 마주하려고 해도 우리가 알 수 있는 사실은 기껏 살아 있는 동안 인간은 왜 자꾸만 자유롭고자 하는지, 왜 모든 종류의 억압으로부터 벗어나고자 발버둥 치는지 그 동기를 조금 이해할 수 있을 뿐이다. 죽음이라는 궁극적 부자유의 사태, 자기 힘으로 어찌할 수 없는 그 사태로부터 어떻게든 벗어나고 싶어 하는 인간의 아우성과 발버둥은 치열하고 아름다우며 때로 숭고하기까지 하지만 그 궁극적 연약으로 빛이 바랜다. 이건 슬프지만 사실이다.

　나는 카페 뒤 마고에 앉아 혜세의 책을 읽으며 이런 별볼 일 없는 생각을 했다. 하지만 나는 이 별 볼 일 없는 생각을 하고 있는 나 자신이 기특했다. 연봉과는 하등 상관이 없는 돈 안 되는 생각을 하고 있는 나 자신의 운명이 장차 어찌 귀결될지는 이미 잘 알고 있다. 운이 좋다면 감당할 만한 고통 속에서 삶을 정리해 가며 서서히 죽어 갈 테고, 운이 나쁘다면 인사도 나누지 못하고 갑작스레 죽거나 감당하기 힘든 큰 고통 속에서 서서히 죽어 갈 것이다. 나는 그 어떤 것도 스스로 선택할 수 없으며 설혹 선택할 수 있다 해도 정해진 결말을 바꿀 수 없다. 그 결말에 있어 철저히 무기력한 채 소외되어 있는 것이다. 나는 이 사실을 잘 알고 있고, 이 사실을 잘 알고 있는 나 자신이 기특하다. 왜냐고? 의외로 사람들은 이 사실을 잘 모르기 때문이다.

나는 약간의 냉소주의자일지는 몰라도 결코 비관주의자는 아니다. 부정적 의미의 숙명론자도 아니다. 오히려 나는 현실적 이상주의자다. 이상주의는 현실주의의 반대말처럼 쓰이지만 진정한 이상주의는 현실을 정확하게 이해해야 가능한 법이라고 생각한다. 나는 어느 날 반드시 죽을 것이지만 그동안에 계속해서 헤세와 사르트르와 보부아르의 글을 읽고, 김환기의 그림을 감상하고, 바흐와 말러의 음악을 듣고, 카페에 드나들며 커피를 마시고, 마음에 쏙 드는 인물과 장소를 찾아 여행을 떠날 것이다. 나처럼 별 볼 일 없고 돈 안 되는 생각이나 하는 사람들과 만나 수다를 떨고, 성낸다고 해결되지도 않을 일들에 맹렬히 분노하고, 고마운 햇살 아래 오래 걷고, 매일 지치도록 수영하고, 자주 맥주를 들이켜면서 이런저런 글들을 계속 쓸 것이다. 취향의 발견과 발전을 위해 시간과 돈을 투자할 것이고 영원할 수 없는 일들에 기꺼이 마음을 쏟을 것이다. 이만하면 나를 이상주의자라 불러도 되지 않겠는가?

나는 아직 로마에 이르지 못했다

17—18세기 영국을 중심으로 귀족의 자제들을 이탈리아 로마와 프랑스 파리로 여행 보내는 이른바 '그랜드투어'가 성행했다. 이 전통이 만들어진 이유는 단순하다. 서양 문명의 뿌리이자 절정이었던 로마의 문화와 예술을 자기 자식들에게 직접 경험시키고 싶었기 때문이다. 이를 위해 짧게는 1년에서 길게는 3년까지 어마어마한 비용을 지불하면서 앞다투어 하인들과 가정교사를 딸려 자식들을 로마로 보냈다. 여기에다 파리가 추가된 것은 당연한 일이었다. 프랑스는 로마 이후 유럽을 호령했던 가장 강력한 나라였고 파리는 그런 프랑스의 수도였으니 말이다. 영국이 지금은 전통의 나라 운운하며 거들먹거리기도 하지만 예전 영국은 식사 예절조차 정립되어 있지 않

았던 나라였다. 현재 영국의 거의 모든 문화적인 관습들의 뿌리는 프랑스라고 해도 과언이 아니다. 물론 영국 사람들은 인정하기 싫겠지만. 아무튼 프랑스에 대한 오랜 열등감과 경쟁심이 자녀들을 문화의 중심지 파리로 향하게 했다. 이는 조선의 선비들이 중국을 동경했던 것과 같은 이치다. 조선에 앉아 매일 중국 시인들이 쓴 시를 읽으면서 시에 묘사된 중국 각지의 절경들을 상상하고, 그렇게 상상한 것들을 그림으로 표현하고자 했던 조선 선비들의 동경을 생각해 보라.

로마에 대한 동경은 비단 영국인들에게만 국한되지 않았다. 괴테(Johann Wolfgang von Goethe)는 1786년 9월 3일 37세 생일날 새벽 사람들 몰래 이탈리아로 떠났다. 베로나를 시작으로 비첸차, 파도바, 베네치아, 피렌체, 페루자, 아시시를 거쳐 드디어 로마에 이르렀다. 로마에 이르기 전날 밤 그는 이렇게 썼다. "내일 밤은 로마다. 나는 그것이 지금도 또 거의 믿어지지 않는다. 이 소원이 이루어지면 나는 그 뒤 도대체 무엇을 더 바랄 것인가." 괴테는 로마에 당도한 그날을 '진정한 삶이 다시 시작된 날'이라고 선언하면서 그동안 자신이 얼마나 로마를 동경했었는지 절절하게 표현했다. 로마에 체류한 1년 9개월 동안 괴테는 판테온을 비롯한 로마의 건축과 예술을 만끽했고, 수많은 역사적 인물과 유명인들을 만났으며, 역사적 사건이 일어났던 장소와 셀 수도 없는 문화 유적들을 화폭에 담았다. 독문학자 전영애가《시인의 집》에서 말한 것처럼 로마에서 괴테는 비로소 자신의 소명을 인식했다. "날마다 분명해진다, 내가 원래 문학을 위해 태어났다는 것이."

괴테뿐 아니라 작곡가 멘델스존(Felix Mendelssohn)도 이탈리아에 대한 열망을 1830년 10월 10일의 일기에서 이렇게 표현했다. "드디어 이탈리아에 도착했다. 내 삶의 가장 행복한 순간이 시작됐고, 나는 이미 그 속에 푹 빠져들었다." 당시 21세였던 멘델스존은 로마에 체류하는 동안 교향곡 4번 A장조 OP. 90, 〈이탈리아〉의 작곡을 시작해 1833년 3월에 완성한다. 슈만은 이 곡을 듣고서 "우리를 이탈리아의 밝은 하늘 아래로 이끌어 간다. 이 곡을 들으면 어느 누구도 이탈리아의 감명을 느끼지 않을 수 없을 것이다."라며 극찬했다. 괴테와 멘델스존이 동경하고 사랑해 마지않았던 로마에 나는 아직 이르지 못했다. 중국을 동경하던 조선의 선비들처럼 교향곡 〈이탈리아〉를 들으며 로마를 상상해 보고, 괴테의 소설 《빌헬름 마이스터의 수업시대》에 등장하는 미뇽의 노래 〈그대는 아는가 남쪽 나라를〉 음미하며 레몬꽃 피는 나라 로마를 상상해 볼 뿐이다.

지난여름, 보름의 시간을 내어 런던과 파리로 가족 여행을 다녀왔다. 해리 포터를 좋아하는 아이들의 바람과 J.R.R. 톨킨과 C.S. 루이스를 좋아하는 나의 바람이 맞아떨어져 런던행 표를 끊었다. 에펠탑과 센강, 오르세와 루브르를 좋아하는 아내와 생 제르맹 데 프레의 철학자들과 예술가들을 사랑하는 내 바람이 만나 우리를 파리로 이끌었다. 런던과 파리에서 마주친 풍경과 사람들, 그들의 철학과 예술은 아름다웠다. 특히 각자가 관심 있어 했던 것들을 직접 마주하는 순간은 크나큰 행복감에 탄성을 지르곤 했다. 런던 리젠트파크와 하이드파크 잔디밭에 누워 비 개인 화창한 런던의 여름 하늘을 바라보면서 행복해하던 아내의 표정과 종잡을 수 없는 영국의 변덕스러운 날씨조차 '변화무쌍'하여 오히려 생기와 활력을 준다며 경탄 어린 찬사를 보내던 아내의 들뜬 말소리가 생각난다. 그뿐만 아니라 센강에서 바라보는 파리의 야경은 정말 아름다웠다. 이 세상에 파리 같은 비현실적인 낭만의 도시가 하나쯤은 있어야 한다는 말은 사실이었다. 아침부터 늦은 밤까지 파리가 뿜어내는 낭만의 향기에 취해 우리는 정말 행복했다.

영국의 귀족들과 부르주아들, 괴테와 멘델스존 못지않은 자유 갈망인이자 프로 동경자인 나는 다음 여행지로 로마를 생각하고 있다. 이것은 오래 준비한 '셀프 그랜드 투어'라 할 수 있다. 하지만 근래 로마에 체류하거나 다녀온 여러 사람들의 이야기를 종합해 보자니 로마는 관광객을 위한 도시가 된 지 오래라고 한다. 로마 시내에 머물며 생활하는 현지인이 없다는 이야기는 로마가 200년 전 괴

테와 멘델스존 시대의 로마가 아니라 관광지 로마가 되고
말았다는 뜻이다. 반면에 얼른 로마에 당도하고 싶어 괴
테가 지나쳐 갔던 도시 피렌체는 역사의 현장이 잘 보존
되어 있을 뿐 아니라 여전히 현지인들이 도시의 중심지에
그대로 생활하고 있어서 고대와 중세의 이탈리아를 좀 더
생생하게 경험할 수 있다고 한다. 분명 로마의 건물과 길,
유적과 유물들은 200년 전과 크게 다르지 않을 것이다.
그러나 괴테와 멘델스존이 칭송해 마지않았던 로마의 아
름다움은 더 이상 발견할 수 없을지 모른다. 수많은 문학
가들과 예술가들을 매료시켰던 로마의 아름다움과 매력
은 문화와 예술의 원형질에서 나오는 '영감'이었을 텐데,
오늘날 관광지로 변해 버린 로마에서 그런 영감을 찾을
수 있을까? 슬픈 일이다.

사실 생각해 보면 로마에 대한 실망은 오늘날에 생겨난
새로운 감정이 아니다. 종교개혁가 루터에게 로마와 성
베드로 성당은 깊은 실망을 안겨 줄 뿐이었다. 당시 가톨
릭 사제였던 루터는 어렵게 로마를 방문하고서 로마를 가

득 채우고 있는 위선 앞에 어찌할 바를 모르고 탄식했다. 그동안 자신이 생각해 오던 로마는 그곳에 없었기 때문이다. 어쩌면 루터가 생각하고 상상하던 로마는 처음부터 없었는지 모른다. 카잔차키스(Nikos Kazantzakis)의 묘비에 쓰인 'I hope for nothing. I fear nothing. I am free.'라는 글귀를 사랑하여 자주 읊조리는 나는 언제나 더 많은 자유를 갈구한다. 이런 나에게 로마는 무엇인가? 괴테와 멘델스존의 로마가 영감의 원천이었다면, 나에게 로마는 '자유'의 다른 이름일 테다. 더 자유롭고 싶은 내 본질적인 갈망의 표상일 테다. 그런 의미에서 관광지로 변해 버린 로마는 더 이상 나의 로마는 아닐 수 있다. 루터처럼 로마의 위선을 마주하고서 어찌할 바를 모르며 탄식할 수도 있다. 하지만 내 갈망의 표상으로서의 로마는 여전히 내게 의미롭다. 그러므로 나는 아직 로마에 이르지 못했다.

얼마 전 세상을 떠난 일본의 작곡가 사카모토 류이치(さかもとりゅういち)를 생각한다. 그는 일흔 살을 맞아 쓴 마지막 책의 제목을 《나는 앞으로 몇 번의 보름달을

볼 수 있을까》로 잡았다. 이것은 베르나르도 베르톨루치 (Bernardo Bertolucci) 감독의 영화 〈마지막 사랑〉의 끝부분에 나오는 대사에서 따온 것이다.

"인간은 자신의 죽음을 예측하지 못하고, 인생을 마르지 않는 샘이라고 생각한다. 하지만 세상 모든 일은 고작 몇 차례 일어날까 말까다. 자신의 삶을 좌우했다고 생각할 정도로 소중한 어린 시절의 기억조차 앞으로 몇 번이나 더 떠올릴 수 있을지 모른다. 많아야 네다섯 번 정도겠지. 앞으로 몇 번이나 더 보름달을 바라볼 수 있을까? 기껏해야 스무 번 정도 아닐까. 그러나 사람들은 기회가 무한하다고 여긴다."

감사하게도 지난 10년 동안 나는 다섯 번의 교육 탐방과 두 번의 가족여행으로 유럽 땅을 밟는 기회를 얻었다. 앞으로 몇 번이나 더 유럽 땅을 밟을 수 있을까? 기껏해야 열 번 정도 아닐까? 다행히 나는 기회가 유한하다고 여긴다.

지금 이 글을 읽고 계신 당신께서도 나와 같은 유한자일 테다. 우리에게 주어져 있는 기회가 유한하다는 사실을 안다면 마음속에 이는 파문을 주의 깊게 바라봐야 한다. 자유롭게 국경을 넘고, 사상의 경계를 넘나드는 모험을 미루지 마시라. 그런 기회는 바라고 또 원하는 사람에게 찾아오는 법이다. 괴테가 그랬고 멘델스존이 그랬으며 내가 그랬다. 자유 갈망인이자 프로 동경자인 나는 아직 로마에 이르지 못했다. 로마에 이르지 못한 것은 나뿐 아닐 것이다. 이제 각자의 로마에 이르기 위해 우리는 무엇을 해야 할까? 오늘 밤에는 꼭 밖에 나가서 달을 쳐다보시길 권한다. 보름달이 아니어도 좋다. 오늘 보는 그 달을 우리는 앞으로 몇 번이나 더 바라볼 수 있을까?

참고 도서

프롤로그: 오후에 압록강을 건넜다

1. 박지원, 《세계 최고의 여행기: 열하일기(上)》, (북드라망, 2013)
2. 에드워드 험프리, 《사람의 마음을 움직이는 위대한 명연설》, (베이직북스, 2011)
3. 솔로몬, 전도서, 9장 7~9절

안데르센과 그룬트비

4. 정재승, 〈정재승의 영혼공작소 〈33〉 이야기와 뇌〉, (한겨레 토요판, 2017)

코펜하겐의 종소리

5. 무라카미 하루키, 《무라카미 하루키 수필집 3—랑겔한스섬의 오후》, (도서출판 백암, 2002)

암스테르담 카날과 까마귀가 나는 밀밭

6. 신영복, 《변방을 찾아서》, (돌베개, 2012)
7. 알베르 카뮈, 《시지프 신화》, (민음사, 2016)
8. 장 폴 사르트르, 《구토》, (문예출판사 2020)
9. 빈센트 반 고흐, 《반 고흐, 영혼의 편지》, (예담, 2005)

헤이그 특사 프린스 이위종

10. 이기항 · 송창주, 《아! 이준 열사》, (Gong—ok, 2007)

토비아스의 방과 루터의 방

11. 알베르 슈바이처, 《요한 제바스티안 바흐》, (풍월당, 2023)

슈톨퍼슈타인과 홍익인간

12. 백종옥, 《베를린 기억의 예술관》, (반비, 2018)
13. 김상봉, 《철학의 헌정》, (길, 2015)

레더라 초콜릿과 도제교육

14. 노시내, 《스위스 방명록》, (마티, 2015)
15. 김누리, 《우리의 불행은 당연하지 않습니다》, (해냄, 2020)

한 줄기 가냘픈 희망의 빛

16. 김종철, 《근대문명에서 생태문명으로》, (녹색평론사, 2019)

룩상부르 산책

17. 정현주, 《우리들의 파리가 생각나요》, (예경, 2015)
18. 헤르만 헤세, 《수레바퀴 아래서》, (코너스톤, 2017)
19. 시몬 드 보부아르, 《아주 편안한 죽음》, (을유문화사, 2021)

에필로그: 나는 아직 로마에 이르지 못했다

20. 요한 볼프강 폰 괴테, 《이탈리아 기행》, (민음사, 2004)

21. 전영애, 《시인의 집》, (문학동네, 2015)

22. 이채훈, 《소설처럼 아름다운 클래식 이야기》, (혜다, 2020)

23. 요한 볼프강 폰 괴테, 《빌헬름 마이스터의 수업시대》, (민음사, 1999)

24. 사카모토 류이치, 《나는 앞으로 몇 번의 보름달을 볼 수 있을까》, (위즈덤하우스, 2023)

유럽 학교 산책

ⓒ 김제우, 2023

초판 1쇄 발행 2023년 12월 22일

지은이	김제우
펴낸이	이기봉
편집	좋은땅 편집팀
펴낸곳	도서출판 좋은땅
주소	서울특별시 마포구 양화로12길 26 지월드빌딩 (서교동 395-7)
전화	02)374-8616~7
팩스	02)374-8614
이메일	gworldbook@naver.com
홈페이지	www.g-world.co.kr

ISBN 979-11-388-2602-0 (03810)